若殿はつらいよ

乙女呪文

鳴海　丈

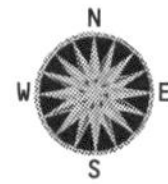

コスミック・時代文庫

この作品はコスミック文庫のために書下ろされました。

目次

第一章　りん姫受難

一

「姫様のお乳……なんて綺麗なのかしら」

男髷を結ったお新が、脇から桜姫の左の胸乳に顔を近づけた。薄紅色をした乳頭を、そっと舐める。

小ぶりだが、上品な形の乳房であった。

「あ……お新、そのようにしては……」

人形のように繊細な肢体の桜姫は、目を閉じて喘ぐ。吹輪髷が前後に揺れた。

「では、わたくしは、こちらのお乳を……」

御殿髷の志乃が、姫の右の乳房を吸う。

青山にある甲賀百忍組支配・沢渡日々鬼の屋敷内に建てられた愛妻御殿——

その広い湯殿で、三人とも全裸である。

陰暦四月半ばの夜更け――湯殿の中には、白い湯気が靄のように漂っていた。

若殿浪人にして隠密剣豪の松平竜之介の三人の妻たちは、その湯殿の簀の子に座りこんで、女同士の艶戯に耽っているのであった。

お新は、桜姫の乳頭を舐めながら左手でその太腿を撫でる。そして、滑らかな内腿からその付根へと手を滑らせた。

姫の亀裂は薄桃色で、絽の布片を置いたように恥毛が帯状に淡く生えている。

そして、亀裂から肉の花弁の一部が顔を覗かせていた。

お新の指が、その花弁を優しく嬲る。

「ひっ」

桜姫が、小さな悲鳴を上げた。鋭い快感が、背筋を走ったからだ。

松平竜之介に抱かれて女の悦楽を教えこまれた三人の妻たちだが、こうして互いに愛撫し合うことにも慣れている。

竜之介は、義父である十一代将軍・徳川家斉から呼び出されては、天下を騒がす陰謀や重大犯罪に命賭けで立ち向かっていた。

なので、この愛妻御殿で平穏な若隠居暮らしを送ることは出来ず、浅草阿部川町にあるお新の家と愛妻御殿を往復するような生活である。

したがって、竜之介が留守の時には、自然と女同士で戯れる習慣ができたのであった。

「姫様……」

志乃は左手で、桜姫の円やかな臀を撫でまわす。

そして、臀の割れ目の奥に潜んでいる朱色の排泄孔に触れた。

「そのような……二人に前と後ろを同時に責められては……」

複数の快感が入り混じって、桜姫は、童女のように首を左右に振る。

「わたくしは、もう……乱れてしまう」

「乱れなさいまし」

微笑を浮かべて、志乃が囁く。

「姫様がどんなに淫奔な姿をなされても、見ているのはわたくしたちだけ」

「そうそう」と、お新も頷く。

「旦那様のいない夜には、三人で交互に楽しみましょうよ」

「我らの旦那様にも、困ったもの……」

お新と志乃に女器と後門を愛撫されながら、桜姫は呟いた。

「きっと今宵も…どこかで何か事件に巻きこまれているのでしょう……あァァっ」

二

三人妻が湯殿で戯れているのと同じ時刻――浅草の待乳山の南にある普請場で、無法にも一人の女が犯されようとしていた。

「へへ、活きのいい女だぜ」

「それ、もっと足を広げるんだっ」

男たちは笑いながら、その女の手足を押さえつけている。

「ちきしょう、何しやがる。お放しよ、放せってばっ」

女は身を捩りながら、金切り声を上げた。

しかし、四人の屈強な男たちを相手に、女の力ではどうにもならない。

裾前は左右に広げられて、赤い下裳も割れて、太腿まで剥き出しになっている。

待乳山の東側、今戸橋に向かう大通りならば、夜更けでも吉原遊廓へ行き来する男たちで賑わっている。

が、この辺りに人けはないようであった。

「おい、お北」

その狼藉を懐手で見物している中年の男が、言った。

「おめえも、見返りお北の異名を持つ女掏摸だ。潔く観念して、大事なところを御開帳してみせな」

固太りしたこの男――名を留蔵という。香具師の元締である。

観世物を興行したり、大道芸人などを差配しているのが香具師だが、裏では犯罪に手を染めている者も多かった。

留蔵は、小石川から巣鴨までを縄張りにしている顔役だ。

今日は橋場町で知人の祝い事があり、その帰りに顔見知りのお北を見かけたのだった。

蛽髷に結った二十三歳のお北は、眉の太いきりっとした顔立ちの美女で、十五の時から掏摸を稼業にしている。

仲間内では、これを懐中師という。

擦れ違った男が「いい女だなあ」と振り返った時には、すでに懐の財布を抜き盗られている――という鮮やかさな手腕から、〈見返りお北〉という渡世名がつけられた。

男嫌いで、気の荒い人足に向かっても遠慮なしにぽんぽんと悪態をつくお北を、「いつか、力尽くで物にしてやろう」と考える男も多かった。

留蔵も、そういう邪心をいだいている一人なのだ。

それで、ほろ酔い加減で一人歩きしているお北を見つけると、乾分どもにこの普請場に連れこませたのである。

「さあ、親分。お待ちかねの弁天様だ」

「一番鑓をつけてくだせえ」

「俺たちも、後からお裾分けさせてもらいまさァ」

積み上げた材木に座らせるようにして、男たちは、お北の両足を無理矢理に開く。

月の光に照らされて、黒い草叢に飾られた紅色の秘唇が、剥き出しになった。

「いや、いやだっ」

お北は悲鳴を上げる。

「初心な生娘じゃあるめえし、観念しな」

着物の前を開いた留蔵は、下帯を緩めて女に覆いかぶさろうとした。

その時、ぼこっと鈍い音がして、留蔵の腰の後ろに石が命中する。

子供の握り拳ほどもある石が、どこからか飛んで来たのだ。

「ぐぇっ」

仰けぞった留蔵は、だらしなく横転した。

「いてて……だ、誰だっ」

地面に倒れたままで、留蔵は喚く。

「——貴様らの無法を見逃せぬ者だ」

夜の闇の中から、若竹色の着流し姿の武士が現れた。細面の貴公子である。

「わしは松平…いや、松浦竜之介という」

「このド三一、よくも親分に石なんぞ投げつけやがったなっ」

お北の右腕を押さえていた男が、懐から匕首を抜いた。幸七という名だ。

ド三一とは、武士階級に対する最大の罵倒語である。

吠えながら、幸七は匕首で突きかかった。

「くたばれっ」

竜之介は右足を引いて、その突きをかわした。そして、手刀で相手の手首を打つ。

「ぎゃっ」

匕首を放り出して、幸七は臀餅(しりもち)をついた。

「お、折れた……骨が折れた……」

左手で自分の右腕を摑んで、幸七は泣き叫ぶ。

それを見た男たちは、

「野郎っ」

「逃がすなっ」

「ぶっ殺してやるっ」

お北を放り出して、匕首を抜き放った。

そして、三人は竜之介に向かって突進する。

が、竜之介は刀を抜くまでもなく、男たちを手刀で打ち、拳を叩きこみ、投げ飛ばした。

「て、手強(てごわ)いぞ……」

「くそ、ずらかるんだっ」

とても叶わぬと見て、男たちは留蔵を助け起こして遁走(とんそう)した。

「待て、待ってくれっ」

幸七も、あわてて逃げ出した。

竜之介は、それを見送ってから、

「――怪我はないか」

お北が身繕いする暇を与えて、彼女の方を見る。

「は、はい……」

襟元を直しながら、お北は頭を下げた。

「地獄に仏とは、まさに御浪人様のこと……ありがとうございます」

それから、竜之介の顔を眩しそうに見て、

「ご覧になったんでしょ……あたしの羞かしいところを」

「さてな」

竜之介は、とぼけた顔つきになる。

「月が雲に隠れて、何も見えなかったが」

「まあ、嘘ばっかり」

お北は艶やかに微笑んで、竜之介の胸に顔を埋めて、

「御浪人様……見られるだけじゃ、いや。抱いて」

三

男の逞しいものが、女の濡れそぼった肉壺を貫き、力強く動いている。

「ああァ……凄いっ」

お北は、あられもない悦声を上げていた。

「こんなの、初めて……巨きい…巨きすぎるぅぅ……」

そこは——山下瓦町の出合茶屋〈日野屋〉の一室で、松平竜之介は、お北を組み敷いて哭かせているのだった。

女懐中師の白い乳房が揺れて、梅色の乳頭が硬く尖っている。

腰の動きを止めた竜之介は、背中を丸めてその乳頭を咥える。軽く甘嚙みした。

「ひっ、ひィっ」

お北の肉体が、俎に乗せられた魚のように跳びはねる。

「もう駄目……殺して」

喘ぎながら、お北が言った。

「よし、よし」

竜之介は微笑を浮かべて、男根の抽送を再開した。

乱れ突きで、お北の熟れた女壺を責める。

たちまち、女懐中師は悦楽の絶頂に駆け上った。

それに合わせて、竜之介も吐精する。大量の聖液が、奥の院に叩きつけられた。

桜紙で後始末をした竜之介が、夜具に腹這いになって煙草を喫っていると、

「ふふ……」

全裸のお北が、擦り寄って来た。

「あたし……男に自分から帯を解いたのは、これが初めてなんですよ。渡世内では、男嫌いの姐御で通ってましたからねえ」

「男嫌いの看板を下ろさせたようで、済まんな」

「まあ、憎らしい」

お北は、竜之介の腕を抓る真似をした。それから、男の肩に頬を押しつけて、甘ったるい声で、

「みんなが、男と女のあれは蕩けるようだと言うのを聞いて、嘘ばっかり、浅ましくて鬱陶しいだけじゃないか――と思ってました……でも、本当に蕩けてしまうんですね……」

「俗に、女は男の三十六倍も深い快楽がある——と申すからなぁ」

「それじゃあ……また、その三十六倍を味わわせてくださいな」

　お北が接吻を求めてた時、足音が廊下を近づいて来た。

「——誰か」

　煙管(きせる)を静かに煙草盆に置いて、竜之介が誰何(すいか)する。

「旦那、あっしです」

　早耳屋(はやみみや)の寅松(とらまつ)の声であった。早耳屋とは、様々な情報を掻き集めて売りさばく裏の稼業のことである。

「寅松か。よく、ここにいるとわかったな」

　すぐに竜之介は肌襦袢(はだじゅばん)を纏(まと)うと、立ち上がって障子を開いた。お北は、あわてて夜具を被る。

「何か急用か」

「へい——」

　薄い眉をした寅松は、頭を下げてから、

「阿部川町で、愛宕下(あたごした)の御方(おかた)がお待ちなんで」

「なに、長門殿が阿部川町へ……」

竜之介は驚いた。

お北の手前、寅松は〈愛宕下の御方〉と遠回しに言ったが、それは家禄二千二百石の旗本・伊東長門守保典のことである。

愛宕下に屋敷を持つ長門守は新番頭で、将軍家斉の腹心の部下であり、竜之介の盟友でもあった。

下谷に愛妾・千紗の屋敷があり、そこで竜之介は家斉とも逢っている。

だが、微行とはいえ、長門守の方から阿部川町のお新の家を尋ねて来たのは、今回が初めてであった。

「たまたま、家にあっしがいたので、すぐに旦那を探すように命じられました」

寅松は声を低めて、

「なにやら、ひどく急な用事のようです――」

四

お北と別れて、出合茶屋の前で拾った駕籠で、松平竜之介は寅松と阿部川町の家へ戻った。

駕籠を下りると、目立たぬように家の近くに立っている伊東家の家来たちを見つけて、無言で頷く。家来たちも、目礼した。

家に入ると、伊東長門守が居間で待っている。

茶が出ていた。近所に住むお久という老婆が、煎れてくれたのだろう。

が、その茶には手がつけられていなかった。

「長門殿、何事ですかな」

蒼ざめた顔の長門守を見て、竜之介は眉をひそめる。こんな昏い表情の長門守は、初めてであった。

「はあ……」

長門守は顔を伏せて、言い淀んだ。

「まさか、上様に何かありましたか」

上様とは勿論、十一代将軍家斉のことである。

竜之介の三人妻の一人・桜姫は家斉の娘だから、形の上では義父ということになるのだ。

「いえ、上様には何事もなく、ご壮健で……実は、竜之介様」

長門守は顔を上げた。

「りん姫様が、掠われました」

「それは⁉」

　さすがの竜之介も、絶句してしまう。

　りん姫――家斎の隠し子で、沢渡日々鬼に女忍見習いの花梨として育てられた十八娘であった。

　隠し子であることが判明してからは、沢渡屋敷の隣に御殿を建ててもらい、りん姫の花梨は愛妻御殿へ行き来している。

　時々、男の格好になって屋敷から抜け出しては、阿部川町の家にも遊びに来ているおてんば姫であった。

　竜之介は、花梨のことを実の妹のように可愛がっている。

「一体、何者に……」

　思わず、竜之介は身を乗り出してしまう。

「それが、わからぬのです」

　申し訳なさそうに、長門守は頭を下げた。

　今から二刻――四時間ほど前のこと。

小伝馬町にある牢屋敷に、投げ文があった。

神田堀の近くにある牢屋敷は、広さが約二千六百七十七坪。江戸の中央刑務所とでもいうべき施設である。

天正年間——徳川家康によって、石出家の祖先が囚獄に任ぜられた。それが世襲となり、牢屋奉行は代々、石出帯刀を名乗っていた。

初めは常盤橋門外にあった牢屋敷は、慶長年間に小伝馬町に移されている。

投げ文の表書きが〈石出帯刀殿〉とあるので、牢屋同心の佐伯源次郎は、これを牢屋奉行に届けた。

奉行の役宅は、牢屋敷の表門から入って右奥にある。

半白髪の佐伯同心は牢屋敷の最古参で、正式な職名ではないが、牢屋同心頭と呼ばれていた。

「——わし宛か」

訝りながら、石出帯刀は、手紙を開いてみた。中身に目を通して、

「ふうむ……」

難しい顔つきになって、それを佐伯同心に渡す。佐伯同心も、その手紙を読むと顔色を変えた。

「これは……脅迫状ですな」

阿部川町に住む浪人松浦竜之介の妹花梨を預かった、主人に対する狼藉の罪で入牢しているお央と交換を所望する、断るならば花梨を惨殺してその骸を大道に晒し、石出帯刀の仕業という札を立てる——という内容である。

末尾に、〈山〉と書かれていた。

「佐伯、そなたは松浦竜之介という浪人に心当たりがあるか」

「いえ、一向に」

佐伯同心は、頭を左右に振る。

「わしにも心当たりはない。すると、我らに縁もゆかりもない者を人質にしたわけだな……山という者にも、これといって思い当たる節はない」

「はい。記録を遡れば、山の字のつく科人はいくらでもおりましょうが……」

奉行の顔を、佐伯同心は覗きこむようにして、

「お央を牢から引き出して、穿鑿所で責めてみましょうか。この文は、あの娘の仲間の仕業かも知れませぬ」

江戸時代の司法では自白がないと犯罪者を処断できないので、罪を認めない咎人は、穿鑿所で牢問いをされるのであった。

主人の妻を傷つけた罪で女牢に入っているお央も、自分の罪を頑として認めないので、二、三日の内に牢問いにかけられる予定であった。

「うむ……」

石出奉行は少し考えてから、

「いや、お央はただの奉公人のようだから、こんな大それたことをしでかす仲間がいるとは思えぬ。それよりも、牢屋奉行を脅迫するなど前代未聞のことゆえ、今月の月番である南町奉行所に報せて、指示を仰いだ方が良かろう」

牢屋敷は、町奉行所の支配下にあるのだった。

「左様ですな。では、わたくしが南町へ参ります――」

こうして、佐伯同心は脅迫状と石出帯刀の手紙を持って、数寄屋橋門内の南町奉行所へ向かったのである。

話を聞いた南町奉行・筒井紀伊守政憲は、驚愕した。

紀伊守は、〈松浦竜之介〉が松平竜之介の変名だと知っていたからである。つまり、その妹の花梨とは、将軍家斉の末姫なのであった。

ただちに、脅迫状は城中の老中筆頭・水野越前守忠邦に届けられ、事態は伊東長門守も知るところとなったのだ。

「長門殿。まずは、竜之介様にこの事を報せてくれ」
越前守に命じられて、長門守は急遽、下城して阿部川町へ向かった。
そして、たまたま家で竜之介の帰りを待っていた寅松に、竜之介を探すように
と命じたのである。
家から飛び出した寅松は、あちこちの知り合いに声をかけて廻った。
すると、待乳山の近くで女掏摸に悪さをしようとした香具師の留蔵たちが浪人
者に成敗されて、医者の家に転げこんだ――という話が耳に入ったのである。
ぴんと来た寅松は、女掏摸を助けた浪人者が竜之介に違いないと判断し、現場
の近くの出合茶屋や料理茶屋を虱潰しに当たったのだ……。

五

「――で、このことは上様に？」

松平竜之介が、伊東長門守に問う。

「まだ、お耳に入れてはおりません」

沈痛な表情で、長門守は言った。

「りん姫様の安否も、脅迫状の主の正体もわからぬ有様では、報告のしようがありませんので」

「それで良い」竜之介は頷いた。

「今の段階で、上様に無用のご心痛を与えることは、かえって不忠となろう。もしも後でお叱りがあったら、全ては竜之介の一存で止めていたと申してくれ」

「有り難うございます……」

「不作法だが、それを貰うぞ」

竜之介は、長門守の前の湯呑みを取って、冷えた茶を飲み干した。緊張のあまり、喉がからからに渇いていたのである。

「それにしても、この文だけでは何もわからぬな」

脅迫状を手にして、竜之介は考えこむ。

「それが、竜之介様。おぼろげながら、別の手がかりらしきものが」

「何だ、聞こう」

長門守が、南町奉行・筒井紀伊守から聞いた話によれば——今日の夕方、湯島の昌平河岸の近くで、諍いがあった。

友達と駆けまわっていた小さい男の子が、大工風の男にぶつかって、道具箱が地面に落ちたのである。

大工道具が地面に散らばって、その大工は激怒し、男の子の襟元を掴んだ。

「命と同じくらい大事な道具だ、俺のお飯の種だ。傷がついてたら、どうしてくれる。この餓鬼め、てめえの親んところへ案内しろっ」

怯えた男の子が泣き出すと、魚屋風の格好をした若い男が、止めに入った。

「まあ、兄ィ。そのくらいで勘弁してやりなせえ」

「何だ、魚屋なんぞに用はねえ」

「そう言わずに、あっちでゆっくり話をつけようじゃありませんか」

巧みに大工を宥めて、道具を拾い集めてから、その魚屋の若者は大工と一緒に横町の路地へ入ったという……。

「これが、定町廻り同心が昌平河岸の古着屋で聞きこんだ話ですが——その魚屋の年格好が、どうも男に変装したりん姫様のように思われるのです」

「昌平河岸か……そうか、わかった」

竜之介は、深々と溜息をついた。

「花梨はおそらく、魚屋に化けて青山の御殿を抜け出し、阿部川町のわしの家へ遊びに来るつもりだったのだ。その途中の昌平河岸で偶然、見るに見かねて子供を助けたのだろう。心根の優しい娘だからな」

「なるほど」

「無断で御殿を抜け出してはならぬ——と、きつく花梨を叱っておかなかったのは、わしの手落ちだ」

「竜之介様、そのようなことは……」

「だが——忍びの修業をして、わしと一緒に何度か死地を潜り抜けて来た花梨が、ただの大工風情に敗けるわけがないが」

「つまり、大工のような男は——大工ではなかったのでしょうな。もっと手強い何かであった」

「それが、〈山〉か」

つまり、大工風の男は、わざと男の子にぶつかり、その子を掠おうとした。そこへ花梨が留めに入ったので、花梨の方を掠ったのだろう。

「掠って人質にする者は、子供でも娘でも誰でも良かったのだな。もしも、一人目の人質が見殺しにされたら、二人目、三人目を掠うつもりだろう」

「お央という娘を手に入れるまで——ですな」

「そうだ」

竜之介は頷いてから、

「それにしても、花梨が機転を利かせて、自分が女だと明かして松浦竜之介の妹だと言ったのは、良かったな。浪人者の妹なら、暮らしのために町人の格好で行商をしていてもおかしくない」

「はい」

「相手がそれを信じている内は、良いのだが……もしも、将軍家の姫だと知れたら」

竜之介は厳しい表情になった。

牢屋奉行を脅迫するような奴らだから、公儀に反感を持っていることは間違いないだろう。

ただの浪人の妹なら生きて返す可能性はあるが、将軍家の姫君を掠ったのなら家族親戚まで死罪になってもおかしくない。

ならばと、りん姫の花梨を凌辱（りょうじょく）した挙げ句に殺害してしまうこともありえるのだ。

「――ところで」と竜之介。

「そのお央という娘は、主人を傷つけたと聞いたが」

「正しくは、奉公する店の主人の妻、つまり女房に鋏で切りつけたとかで――」

日本橋の伊勢屋という小間物屋に、三年前から、お央は女中として奉公していた。

主人は吉五郎という五十男で、女房は後妻でお松という。

そのお松の左腕を、お央が鋏で傷を付けたというのである。

掃除の仕方が雑だと説教したら、お央が、かっとなって鋏を振りまわしたのだという。

江戸の刑法では、奉公人が主人を傷つけると磔である。主人の妻の場合も、同じだ。

お央は、「そんなことはしていません」と言い張っている。

犯行を認めれば磔になるのだから、否認するのも無理はないが……。

「そのお央は、山という名に心当たりは？」

「まるで、ないそうです」と長門守。

「なお、お央は両親に死に別れて、身内は一人もいないそうで」

「そうか……」

「お央と人質の交換の場所や時刻についての文が来たら、ここに報せるように頼んであります」

「もはや、亥の中刻を過ぎているな」

竜之介は、暗い庭に目をやる。

その時、玄関の脇に控えていた寅松がやって来て、

「旦那。小伝馬町から使いが来ました」

「来たか」

竜之介は、さっと立ち上がった。

第二章　処女の下腹

一

両国橋の東詰の繁華街は、両国東広小路とか東両国とか呼ばれている。

その南側が本所尾上町（おのえちょう）で、大川端に公儀の石置場（いしおきば）がある。広さは千数百坪だ。

江戸城の石垣などを修復するための石材を置いているが、簡単に盗まれるような物ではないから、番小屋もない。

石置場の北側には水垢離（みずごり）場、南側には桟橋（さんばし）がある。

深夜——その桟橋の近くに、二人の男女が立っていた。

男は、黒羽織に浅黄色（あさぎいろ）の着流し姿の武士——松平竜之介（たつのすけ）である。

この扮装は、牢屋敷の同心のものを借りたのであった。

そして、牢屋同心に化けた竜之介の隣にいるのは、三筋縞（みすじじま）の小袖（こそで）を着たお央（なか）である。

素朴な顔立ちの娘で、とても主人の女房に鋏を向けるような人間には見えない。

女牢に入る時に、髷を崩して何か隠していないか調べるので、今は垂髪にして先端を紙縒で縛っていた。

牢屋敷への第二の投げ文は、お央を連れて牢屋同心が一人で石置場まで来い――というものであった。

だから、竜之介が牢屋同心を装って、お央を連れて来たのだ。

積み上げた石材の間を、夜風が吹き抜けている。

「お央――」竜之介が言った。

「少し川風が強いようだが、寒くはないか」

「……いいえ」

お央は首を横に振って、

「わたくしのような者をお気遣いいただき、有り難うございます」

丁寧にお辞儀をする。

「わしが退がれと言ったら、その石材の蔭に蹲っておれ。よいな」

「はい」

お央は、はっきりと頷いた。

それからまた、二人は無言で待つ。

やがて――大川の下流から、屋根船が近づいて来た。

屋根船が桟橋に着いて、船頭が艫綱を棒杭に結びつける。そして、船房の板戸を開けた。

中から三人の男が現れて、桟橋に下りる。

いや――忍び装束を纏った二人は男だが、もう一人は魚屋の格好をした花梨であった。

白い木股を穿いた花梨は後ろ手に縛られて、その縄尻を摑んでいるのは、右側の大柄な忍び装束の男だ。

「わしは、牢屋敷鍵役同心の佐伯伸太郎であるっ」

竜之介は大声で言った。

「そこの者、浅草阿部川町の浪人松浦竜之介の妹花梨に、間違いないか。どうじゃっ」

押し被せるような口調で言う。

「は、はい……松浦花梨でございます」

花梨は、戸惑ったように言った。竜之介が牢屋同心に化けていることは、理解したようである。

「よし、交換が済むまで大人しくしておれよ。決して騒がず、大人しくな」

「はい、承知致しました……」

神妙に、花梨は言う。

「――得心したか」

左側の痩せた忍び装束が、口を開いた。

「俺は玄左という。その娘も、お央に間違いないだろうな」

「当然だ。そちらの娘を渡して貰おう」

「待て、俺が顔を確かめる」

玄左と名乗った男が、近づいて来た。

その忍び装束は、深緑色の地に焦茶色の斑模様が入っている。

左腰に忍び刀はなく、その代わりに黒い鳶口を差していた。

玄左は、一間半――二・七メートルほどの距離まで来て、月明かりに照らされたお央の顔を注視する。

「ふむ……間違いないようだ」

玄左がそう言った時、後ろの方にいる花梨が、いきなり、踵で大男の足を踏みつけた。

竜之介の「大人しくしておれ」という言葉が、「隙を見て暴れろ」という意味だと、花梨は理解していたのだった。

「ぎゃっ」

不意を突かれて、悲鳴を上げて大男はよろめいた。

それを聞いた玄左が肩越しに振り返った瞬間、竜之介は脇差を抜いた。それを、大男の方へ投げつける。

「うっ……」

胸の真ん中を深々と脇差に貫かれて、大男は仰向けに倒れた。

「おのれっ」

向き直った玄左は、左腰の黒い鳶口を抜いた。それを振りかぶって、竜之介めがけて振り下ろす。

長さは一尺六寸——五十センチほどだ。

竜之介は、抜き放った大刀でそれを受け止めた。

石置場に、甲高い金属音が響き渡る。

「何と……鉄の鳶口か」

鳥の嘴のような鳶先だけでなく、柄も鉄製なのであった。

受け止められたと見るや、玄左は鉄鳶口を引っ外して、横へ跳んだ。素晴らしい跳躍力であった。

「お央、退がれっ」

そう叫んで、竜之介は玄左を追う。

視界の隅で、大男の胸に突き立った脇差の刃で、花梨が縄を切っているのが見えた。

玄左は石材の蔭に転がりこみ、鉄鳶口を左手に持ち替える。

そして、右手を振った。

「むっ」

空を切る音に、竜之介は反射的に大刀を振った。

重い手応えがあって、地面に何かが落ちる。

それは、一寸――三センチほどの平べったい鉄礫であった。六角形をして、その縁を鋭く尖らせてある。

鍛鉄製らしいから、額に命中したら頭蓋骨が割れるであろう。

竜之介は、石材の蔭に飛びこんだ。
振り向くと、お央が言いつけた通りに、石材の蔭に蹲っている。
花梨の方を見ると、縛めを解いて大男から脇差を引き抜いていた。
それを見て、玄左が六角礫を投げる。
「花梨、伏せろっ」
竜之介が叫んだ。
瞬時に、花梨は身を伏せた。その上の空間を、鉄礫が通過する。
さらに花梨は、地面を転がって、石材の蔭に身を隠した。
「ちっ」
玄左が、石材の蔭から飛び出した。獣のような速さで、桟橋の方へ走る。
竜之介は、先ほど叩き落とした六角礫を拾い上げた。
見様見真似で、それを玄左の背中に投げつける。
が、背中に目があるように、ひょいと玄左は身を屈めた。
鉄礫は虚しく、彼の頭上を通過する。
おそらく、背後の飛来音を聞きつけて、身を屈めたのであろう。
玄左は、屋根船に乗りこんだ。船頭は水棹を操って、素早く桟橋から船を遠ざける。

そして、櫓を使って下流へ向かった。

「逃げたか……」

竜之介は周囲を見まわしてから、納刀した。

そして、お央に手を貸して起こしてやる。

「安心しろ。もう、敵は去ったぞ」

「はい……あの人たちは一体、何でございますか」

怯えた顔で、お央が訊く。

「それが、我々にもわからぬのだ」

竜之介がそう答えた時、花梨がこちらへ走って来た。

「竜之介様、あいつら逃げちゃうよ。早く、舟で追わないとっ」

「案ずるな」竜之介は笑って、

「あれを見ろ、花梨」

「え？」

花梨が大川の方へ振り返ると、どこから現れたのか、七、八隻もの猪牙舟が、龕灯で川面を照らしながら屋根船を追ってゆく。

「船手番所から舟を出して貰って、目立たぬように隠しておいたのだ。下流でも待ち構えているから、あの屋根船は逃げられぬ」

万が一、竜之介が花梨を取り戻せなかった時のために、南町奉行・筒井紀伊守と船手奉行の向井将監、牢屋奉行・石出帯刀が相談して、このような手配りをしておいたのである。

石置場には近づかなかったが、大川の両岸に七十名ほどの与力・同心・捕方が配置されていた。

彼らは、屋根船がどこかの桟橋に着いたら、すぐさま召し捕れるように待ち構えている。

「何だ……せっかく捕物に参加できると思ったのに、つまんないの」

花梨は唇を尖らせた。

「そんなことより――」

竜之介は花梨を引き寄せて、

「大丈夫か、怪我はないか。心配したのだぞ、花梨」

それを聞いた花梨は、わっと泣き出して、竜之介の胸にしがみつくのであった。

二

「屋根船は蛻の殻であった、と？」

松平竜之介が、不審げな顔になる。

「まことに面目のなき次第で……」

南町奉行所与力の三村太左衛門は、平蜘蛛のように這い蹲っていた。

そこは、回向院脇の〈矢上〉という料理茶屋で、今は南町奉行所の貸切になっている。

ここを今夜の大捕物の連絡詰所として、その奥座敷に、松平竜之介、りん姫の花梨、お央、伊東長門守、そして牢屋同心頭の佐伯源次郎がいた。

他の座敷には、長門守の家来たちが控えている。

寅松は「あっしは、お役人が揃ってるところは敷居が高い。花梨様のご無事を祈っております」と言って、笠子長屋に帰った。

明日の朝、また阿部川町の家へ様子見に来るという約束である。

花梨を救ってから一刻――二時間ほどが過ぎてから、屋根船を追っていた南町の三村与力が首尾を報告にやって来たのだ。

そして、永代橋の手前で船手番所の猪牙舟が屋根船を取り囲み、乗りこんで見ると、中は空っぽだった――というのである。

「船頭と見えた人影も、藁人形を櫓に縛りつけたものでございました」

「しかし――」

竜之介は首を捻る。

「わしは、玄左という忍び装束の者が屋根船に乗りこむのを確かに見た。船頭が水棹を操って石置場の桟橋から離れ、櫓を漕ぐところも見ておるのだが」

「はい。わたくしどもも御船手同心たちも何がなんだかわからず、周囲を捜しまわったのですが……」

三村与力は顔を上げて、

「おそらく、屋根船が新大橋を潜った時に、橋の下の暗がりに待っていた仲間の猪牙舟に乗り移ったものと思われます。屋根船はそのまま無人で下流へ流され、曲者どもの乗った猪牙舟は逆に大川を遡った――と」

舟で追っていた船手同心たちも、大川の両岸にいた南町の者たちも、舟灯のついた屋根船の行方ばかりに気を取られていた。

だから、擦れ違うように新大橋の下から出て来た猪牙舟には、ほとんど注意を払わなかったのである。

大川に繋がっている川や堀割は何十もあるから、その猪牙舟がどこへ逃げたか追うのは、容易ではない。

「なるほど」

伊東長門守は頷いて、

「この手配りならば大丈夫と思ったが、敵の方が一枚上手だったのだな」

「はあ」

三村与力は再び頭を下げて、

「うちの同心の中に猪牙舟が新大橋の下から出て来たのを思い出した者がいて、手分けして行方を捜したのですが、何とも……」

「この夜更けだ、仕方があるまい。明るくなってから、改めて猪牙舟の行方を探すことだな」

長門守がそう言うと、三村与力も頷く。

「はい。わたくしはこれより奉行所に立ち返り、お奉行に事の次第を報告してから、その手筈を整えるつもりでございます」

その顔には、何としてでも猪牙舟の行方を捜し出すという決意が満ちあふれていた。

「何はともあれ――」

長門守は竜之介の方を見て、

「りん姫様がご無事で何よりでしたな、竜之介様」

「まことに」と竜之介。

「それで、花梨――今一度尋ねるが、曲者どものことで何か思い出したことはないか」

「それが、あの大工に化けた奴に続いて路地へ入ったら、いきなり後ろから口元に手拭いを押しつけられて……眠り薬が染みこませてあったみたいで、そのまま何もわからなくなっちゃった」

魚屋姿の花梨は、無念そうに言う。

「目を覚ました時は土蔵の中で、あの玄左という奴に、お前は何で男の形(なり)をしている――と聞かれたから、とっさに浪人の妹で暮らしのために魚屋をしてるって言ったんだ」

「それは良い判断だったたな」

「それから、また眠り薬を嗅がされて……屋根船の中で目を覚ました時にも、後ろ手に縛られて目隠しされてたもんだから、何にもわからない。あの玄左と大男は一言も喋らなかったし……」

敵の隠れ家も人数も、わからないのである。

「うむ。奴らは、相当に用心深いようだ。それに、あの体術はかなり鍛えたものだな」

「石置場に残された大男の死骸を調べてみましたが、身許のわかるようなものはありませんでした」

脇から、佐伯同心が言う。

「明日、絵師に頼んで人相書きを作らせるつもりです」

「人相書きは助かるな」と三村与力。

「それを何枚も描き写して、御用聞きたちに聞きこみをさせれば、曲者の隠れ家がわかるかも知れぬ」

これらの話を、お央は座敷の隅に座って、黙って聞いていた。

「とりあえず——」

竜之介は、長門守に向かって、

「この花梨を、青山へ送ってもらえますかな」

「はい。女人駕籠ではなく、武家駕籠を用意いたしました」

長門守は言う。万一、この料理茶屋を見張っている敵がいた場合、浪人の妹であるはずの花梨が特別な身分の娘だと悟られないための用心である。

「警護の者を、二十人ほど連れて来ております。両国橋を渡ったら、薬研堀の前で銅右衛門の家来が十人、こちらの行列に合流することになっておりますので」

加納銅右衛門は長門守の実弟で、徒頭を務めており、薬研堀の近くに屋敷がある。

三日月城事件の時は、竜之介を助けて活躍した好漢でもあった。

「竜之介様、ちょっと――」

花梨が、しきりに袖を引くので、

「では、長門殿。出発の用意を頼む」

そう言って、竜之介は花梨と立ち上がった。

二人で奥座敷を出ると、竜之介は空いている小座敷へ入る。

「どうかしたのか、花梨」

竜之介がそう問いかけると、

「あたし……」

花梨は、切羽詰まったような表情になった。

「あたし、何もされてないよ、信じてっ」

竜之介と二人だけになって、自分の純潔を曲者どもに瀆されてはいない――と、花梨は言いたかったのである。

「わかっておる」と竜之介。

「そなたが乙女のままであることは、見ればわかる」

「本当に……？」

「どこかの誰かが言うには、わしは女に甘くてだらしがない放蕩者だからなあ」

竜之介は、わざと軽口を叩いた。

「じゃあ、ちゃんと確かめてっ」

花梨は、竜之介の右手をつかんだ。

そして、大胆にも、その掌を自分の股間に押し当てる。

白い木股の薄い布越しに、十八歳の柔らかな恥丘と亀裂の感触があり、温もりが感じられた。

「ど…どう？」

真っ赤になって、花梨は問う。

「うむ。この手触りは乙女に間違いない」

竜之介が真面目な顔でそう言うと、花梨は、ほーっと長い溜息をついた。

そして、竜之介の広い胸にもたれかかる。

竜之介は、花梨の股間から、そっと手を抜いて、

「無事で良かったな、花梨」

「うん……」

男の胸に顔を埋めたままで、花梨は頷いた。

「わしに会いに来る途中で、そなたにもしものことがあったら――わしは上様にお詫びのしようがない。沢渡日々鬼にもな」

「……」

「そなたが並の武家娘の何倍も強いことは、共に死地を潜り抜けて来たこのわしが、一番よく知っておる。それでも、今日のようなことがあるのだ」

「…………」

「これからは、あまり無茶なことはしてくれるな。これは、上様がどうこうではなく、わしからの頼みじゃ」

「わかった……ごめんね、竜之介様」

　素直に詫びた義理の妹を、

「よしよし、そなたは良い娘だ」

　竜之介は、力強く抱きしめてやるのであった。

三

　花梨を乗せた武家駕籠の出立を見送ってから、松平竜之介は牢屋同心頭の佐伯源次郎に、

「ところで、ずっと神妙にしているお央の処遇なのだが――」

「はあ……」

　佐伯同心は、ほとほと困ったという表情で、

「勿論、小伝馬町の女牢に戻すのが筋でございます。しかし、そうしますと、また女子供が掠われて、奴らの投げ文が来るかも知れません。お奉行も、それを大層、心配なさって……」

「では、わしに預けてくれぬか」

「は？」

竜之介の言葉に、佐伯同心は驚いたようであった。

「そして、牢屋敷の裏門に高札を出すのだ。お央は無実と判明したので昨夜放免となった――とな」

「その高札は……曲者どもに読ませるためですか」

「そうだ」竜之介は言う。

「牢の中にお央がいなければ、人質として子供を掠っても意味はない」

「しかし、無実と判明とは……」

眉間に眉を寄せて、佐伯同心は躊躇う。

「佐伯殿は、お央が主人の女房に切りつけるような娘だと思われるか」

「はあ……正直に申しまして、今宵の振る舞いを見る限り、違うように思われました」

「そうであろう。わしも、同じ気持ちじゃ。だから、全ての責任はわしが持つ。この事件の謎が解けるまで、お央を預からせてくれ」

「わかりました」

佐伯同心は、きっぱりと頷いて、

「竜之介様がそこまでおっしゃるのでしたら、わたくしの一存でお央をお預けします。倅も、もう一人前ですから……宜しく、お願い致します」

両手をついて、佐伯同心は深々と頭を下げたのである。

いざとなったら、自らも責任をとって腹を切る覚悟を決めたようであった。

それから、町駕籠を二丁用意させて、竜之介とお央が乗った。お央は大人しくて、「どこへ行くのですか」とも尋ねない。

料理茶屋を出てから三度、駕籠を乗り換えて、金竜山浅草寺の北西にある慶印寺の前で二人は下りる。

それから歩いて、田畑の中の一軒家に着いた。

この家は、以前の事件の時に借りておいた竜之介の隠れ家である。

阿部川町の住居はすでに敵に知られているので、ここの隠れ家にお央を連れて来たのだった。

近所に住む弥助とお蓑の夫婦が、いつでも利用できるように、定期的に掃除や水汲みをしてくれている。

竜之介が居間の行灯を点すと、すぐに弥助とお蓑がやって来た。

「世話になるぞ。しばらく、ここで暮らすかも知れぬ」

「承知致しました。風呂を沸かしましょうか」

　日焼けした弥助が訊（き）く。

「そうだな……夜更けだから、明日にしよう。夕餉（ゆうげ）は済んでいるから、酒と肴（さかな）を頼む」

「では、すぐに――」

　弥助が燗（かん）をつけている間に、お蓑は豆腐と青菜の煮付け、佃煮などを用意した。

　二人が退（さ）がると、お央が竜之介に酌をする。

「それでな、お央」

「はい」

　お央は、竜之介を見つめた。

「もう一度、そなたが捕まった事件のことを話してくれるか」

「わかりました。あたしは、伊勢屋に住みこみで奉公している女中ですが……」

　落ち着いた声で、お央は話し始めた。

「あの日、台所で洗い物をしていると、小僧の茂吉（もきち）どんに、おかみさんが呼んでいる――と言われて。だから前掛けで手を拭いて、すぐにお部屋へ行ったんです」

部屋の前の廊下に膝を突いて、「おかみさん。央ですが、御用でしょうか」と障子越しに声をかけると、女房のお松の「お入り」という声がした。

なので、お央は障子を開いて部屋に入り、頭を下げた。

お松はこちらに背を向けて、座っている。

「あの、何か…」

そう問いかけると、お松が立ち上がって振り向き、突然、「きゃーっ」と悲鳴を上げたのである。

右手で、自分の左腕を掴んでいた。そこから、真っ赤な血が滲み出している。

「お、おかみさんっ」

どうなすったんですか——とお央が言う前に、お松は、

「誰か、誰か来ておくれ……お央が、お央が狂ったっ」

けたたましい声で、叫んだのである。

「一体、どうなさいました、おかみさん」

駆けつけたのは、番頭の耕助であった。

「このお央が、鋏で私に切りつけたんだよ。掃除の仕方が雑だ——と注意しただけなのに。見ておくれ、この傷を……」

そんなことをお松が言い出したので、お央は驚いた。

「あたし、そんなことしてませんっ」

あわてて弁解したが、お松は憎々しげに十八娘を睨みつけて、

「今さら、とぼける気かい。なんて悪い娘だろう。主人の家族を殺そうとした者は、磔だよ。覚悟するがいいいっ」

お央が何をどう言おうとも、お松は鋏で切りつけられ殺されそうになったの一点張り。

手代が呼んできた御用聞きの和吉が、お松の傷が部屋に落ちていた鋏と一致するの確認して、お央に縄をかけたのである。

自身番に連行されたお央は、厳しく取り調べられたが、「あたしは何もしていません」と言い続けた。

そこへ南町の定町廻り同心・内藤庄蔵がやって来て、再度、取り調べが行われたが、お央は主張を変えなかった。

内藤同心と和吉は、伊勢屋へ行って主人夫婦や奉公人たちに話を訊いたが、お松の主張を引っ繰り返す証言はなかった。

ただ、お央に関しては、正直な働き者だというのが皆の評価である。

「どうでしょう、旦那」

主人の吉五郎は揉み手をしながら、

「幸い、お松の傷も一針縫っただけで、お医者の話じゃ十日もせずに塞がるそうです。何分、若い娘のしでかしたこと……血の道か何かで、かっとなった末の間違いということで、お央を放免していただけませんでしょうか」

商人としては、自分の店の奉公人から縄つきを出したくないと思うのは、当然である。

「そうだなあ」

内藤同心も、それで納めようと考えた時、

「いいえ、いけませんっ」

被害者のお松が、金切り声を上げたのだ。

「あんな恐ろしい娘を放免したら、あたしの命が危ない……それに、店の者たちにも示しがつかないじゃありませんか」

「だがな、お松……」

「南の旦那様。どうぞ、不忠者のお央に厳罰を与えてくださいまし」

強硬に言い張るので、内藤同心も内済に出来なくなった。

結局、南町奉行所の与力の裁可により、お央は小伝馬町牢屋敷へ送られたのである。

女牢に入れられたお央は、それでも犯行を認めなかった。

それで、穿鑿所(せんさくしょ)の牢問い(ろうど)――つまり、笞打ち(むちう)や石抱きで責められる直前に、この人質事件が起きたのである……。

四

「そなたの話の通りなら――」

松平竜之介は言う。

「お松は後ろ向きになっていた時に、自分で鋏(はさみ)で左腕を傷つけたのだろうな。そして、そなたに切られたふりをして、濡れ衣を着せた……」

「どうして、おかみさんは、そんな恐ろしいことをしたんでしょう」

「そなた、お松に恨みをかうようなことは？」

「恨みですか……」

お央は首を傾(かし)げる。

「おかみさんのお世話は、年嵩の女中のお辰さんがしているので、あたしはろくに話したこともないです。まして、恨みなんて……」

主人の吉五郎は二年前に女房のお繁を病気で亡くし、その一周忌が済むと、水茶屋の茶汲み女だったお松を後妻に迎えた。

お松は、夫より三十近く年下で、二十四歳である。

美人だが、未だに、商家の女房にしては派手な化粧や装いをしているという。

しかし——お央に濡れ衣を着せて小伝馬町送りにした伊勢屋のお松と、玄左たち謎の忍者とが、関わりがあるものかどうか……それがわからない。

「それで——そなたは、いつから伊勢屋に奉公している」

「口入れ屋さんのお世話で、十五の時からです。その前は、通いで一膳飯屋で小女をしてたんですけど……御父つぁんが亡くなったもんだから、ちゃんとした住みこみの奉公をした方がいいと勧められて」

母親は、お央の幼い頃に亡くなっているという。親しくしている親戚もいない。

「そうか。そなたは、天涯孤独の身の上なのだな」

「はい……あたしの心の支えは、これだけです」

懐から、お央は錦の護り袋を出してみせる。

中には、神社の御札ではなく銀製の古い根付が入っていた。紐は付いていない。それは、能面の増女であった。女神や天女、仙女などの役に用いられる面だ。いわゆる面根付である。

裏を返してみたが、彫名は入っていなかった。

「そなたの父は、根付師だったのか」

「はい……その根付は、御父つぁんのお師匠が作ったものだそうです」

「ふうむ……」

竜之介は、増女の根付をしげしげと眺める。

お央の父親の師匠の作というなら、どんなに古くても四、五十年前のものだろう。

しかし、その根付は、もっと古い物のように見える。

「見事な細工だな。大事にするがいい」

竜之介は、それをお央に返して、

「ところで、お央——わしは、少し不思議に思っていることがある」

「なんでしょう、お侍様」

護り袋を懐にしまいこんで、お央は顔を上げた。

「そなたは今夜、小伝馬町牢屋敷でわしに引き合わされた時も、石置場で玄左たちが現れるのを待っている時も、そして、駕籠でこの隠れ家へ来るときも——少しも不安そうな様子を見せておらぬ」

「……………」

黙って、お央は竜之介の言葉を聞いている。

「自分はどうなるのか——と心配にならなかったのか」

「……いいえ」

お央は、ゆっくりと首を左右に振った。その双眸(そうぼう)には、熱っぽい光が宿っている。

「お侍様にお会いした時から、央は不安が消し飛びました」

「なぜかな」

「だって……」

頬を染めて、お央は含羞(はにか)む。

「ずっと夢の中で聞いていた運命の人に、めぐり逢えたんですもの」

五

全裸のお央の口を吸いながら、松平竜之介は右手で、形の良い乳房を愛撫していた。

「ん……んぅ」

目を閉じて舌を絡ませながら、お央は陶酔の表情を浮かべていた。

先ほど、お央が語ったところによれば——月に一度の女の印(しる)しを見るようになってから、夢の中で彼女に語りかける声を聞くようになった。

男なのか女なのか、年寄りなのか若いのか、それは判別できないが、「お前には運命の相手が現れるのだから、それまで操(みさお)を大事に守らねばならない——」という声である。

だから、お央は、同じ年頃の娘たちが惚(ほ)れた腫(は)れたで大騒ぎしているのに、男などには目もくれずに、ひたすら真面目に働いてきたのだった。

それが、今夜——突然、女牢から引き出されて、松平竜之介と対面した時、お央は直感したのである。

この男の人が自分の運命の相手だ――と。

だから、危険な目に遭おうが、どうしようが、竜之介と一緒にいられるだけで、嬉しかったのだ。

お松に濡れ衣を着せられたことさえ、竜之介と逢うために必要な試練だったのか――と思うほどである。

それを告白したお央は、ごく自然に竜之介の胸に飛びこんで、「抱いてください」と懇願したのだった……。

竜之介は口を外して、お央の首筋に接吻する。項のところに、小さな黒子があるのが見えた。

そして、彼の右手が下腹を撫でて、淡い繁みに達している。

恥毛は、亀裂に沿って帯状に生えていた。

男を識らない無垢の秘部である。十八歳の亀裂は、すでに濡れそぼっていた。

熱い秘蜜が、亀裂の奥底から湧き出しているのだった。

これから自分が経験する女の生涯にただ一度の儀式に、健康的な肉体が燃えているのである。

竜之介は、硬く屹立した長大な男根を右手で摑んだ。

丸々と膨れ上がった先端部を、濡れた亀裂に擦りつける。

「あっ、あっ、そんな……」

粘膜同士の摩擦で生じた快感に、お央は喘（あえ）いだ。

そして、竜之介は処女の聖地を貫く。

「――アァアっ」

純潔の肉扉を引き裂かれて、お央は仰（の）けぞった。

女壺（にょつぼ）の奥深くまで突入して、竜之介は、破華の締めつけを味わう。素晴らしい収縮力であった。

「嬉しい……竜之介様に女にしていただいて、とても嬉しいです……」

苦痛と感動で、お央は涙ぐんでいる。

竜之介は、涙の粒を吸ってやりながら、ゆっくりと抽送を開始した。

竜之介の卓抜した閨（ねや）の技巧によって、お央は次第に甘い呻（うめ）きを洩らすようになる。

四半刻（しはんとき）――三十分ほどして、お央の悦楽が頂点に達した時、竜之介は放った。

大量の白濁した溶岩流が、お央の奥の院に叩きつけられる。

お央は両足を突っ張って、気を失った。

新鮮な肉洞が、不規則な痙攣を繰り返す。

吐精の余韻を充分に味わってから、竜之介は、結合を解いた。桜紙で後始末をする。

「む……」

竜之介は目を見張った。

奇怪なことに、お腹の白い下腹に緋色の文字が浮かび上がったのである。

横向きに四文字、「にえにる」と読めた。

「何だ、これは」

竜之介の驚愕をよそに、お央は幸福な失神を続けている。

第三章　百万両の娘たち

一

翌日の正午前――松平竜之介とお央が朝昼兼用の食事を食べ終わった頃、寅松が隠れ家にやって来た。

「遅くなりまして。お久婆さんから、旦那が夕べ戻っていないと聞いたんで、たぶん、ここだと思いました」

「よく来てくれた――」

お央が煎れてくれた茶を飲みながら、竜之介は、寅松に昨夜のことを説明する。

謎の四文字のこともだ。

「花梨様がご無事で、本当によろしゅうございましたね。しかし、その斑の忍者は何者でしょうか」

「花梨も、斑模様の忍び装束で鉄鳶口と六角礫を使う流派など知らぬ――と言っていた」

「その下…下っ腹の四文字ってのも、わかりませんねえ」

台所にいるお央に気をつかって、寅松は声を低めた。

お央の下腹部に浮かび上がった「にえにる」という四文字は、しばらくすると砂が風に吹き飛ばされるように、消えたのである。

「以前に由比正雪の軍資金の事件の時、初華彫りというのがあっただろう」

「生娘が男を識った時にだけ、模様や文字が浮かび上がるという変わった彫物でしたね」

「そうだ。しかし、今回の文字は彫物ではないと思う」

「彫物ではないとすると……書き文字でもないし……」

「それがわからぬ。まあ、呪文とでもいうべきか」

「で、あっしは何を調べましょう。伊勢屋のおかみの素性でも、洗ってみますか。茶汲み女だというが、ひょっとしたら、斑忍者の頭目の情婦だったりするかも知れませんぜ」

「うむ、それも頼みたいが……」

竜之介は少し考えてから、

「とりあえず、この家にいてくれぬか」

「すると、旦那は？」

「日本橋へ行ってみる」と竜之介。

「伊勢屋のお松を、この目で見てみたい。何か、わかるかも知れぬ」


長さ二十七間(けん)――約四十メートルの日本橋を松平竜之介が渡ったのは、未(ひつじ)の上(じょう)刻(こく)過ぎであった。

欄干(らんかん)越しに川面(かわも)を見下ろすと、様々な荷船が行き交っている。猪牙舟(ちょきぶね)も多かった。江戸中の猪牙舟の数を考えると、南町奉行所の者たちが昨夜の猪牙舟を捜し出すのは、大変な苦労であろう。

（お央が夢の中で聞いたという声とあの下腹の呪文は、何か関わりがあるのだろうか……）

浅草から歩いて来ながら、竜之介は、そのことを考え続けていた。

（いや、関わりがあるに決まっている。斑の忍者がお央を狙っているのも、あの呪文が目的だろう……しかし、あの奇妙な四文字、どういう意味なのか）

考えこみながら歩いていたので、竜之介は危うく、通り三丁目の伊勢屋の前を過ぎてしまうところだった。

足を止めた竜之介は、通りの斜め向かい側から少しの間、伊勢屋を観察する。

それから、通りを横切って、伊勢屋の暖簾を掻き分けた。

「いらっしゃいまし」

着流し姿だが、竜之介の人相風体を見て上客と判断したらしく、番頭らしい初老の男が愛想笑いを浮かべる。これが耕助だろう。

「何か、お探しでございますか」

「わしは、小伝馬町から来た佐伯伸太郎という者だ」

竜之介は、昨夜、斑忍者の玄左に告げたのと同じ偽名を名乗る。

「役目柄、この店の主人夫婦に話を聞きたい。取り次いでくれ」

高飛車な口調で言うと、番頭は蒼くなった。

竜之介が牢屋同心だと信じこんだのである。

「は、はい……しばらく、お待ちを」

何度も頭を下げながら立ち上がり、番頭は店の奥へ消える。

店の者も他の客も、不穏な気配を察して黙りこんだ。

その静まりかえった店に、突然、「わーっ」という番頭の叫びが聞こえて来た。

「た、大変……旦那様が……」

それを聞いた竜之介は、草履を脱ぎ捨てて店へ駆け上がった。奉公人たちよりも先に、叫び声のした方へ走る。

住居の廊下に、番頭の耕助がへたりこんで、震えていた。

「如何いたしたっ」

竜之介が声をかけると、番頭は部屋の中を指さす。

見ると、座敷は血の海で二人の男女が倒れていた。主人の吉五郎と後妻のお松であろう。

お松は、喉が裂けている。

そして、吉五郎は包丁を握り、自分の胸に突き立てていた。

主人が後妻を突き殺し、それから自殺したように見える。

二人とも、目をかっと開いたまま息絶えていた。

「この店の主人夫婦だな」

竜之介は、番頭を見下ろして訊いた。

「はい、はい……」

番頭は歯の根も合わぬほど震えて、狼狽（ろうばい）していた。

「では、誰かを自身番に走らせるがいい。そして、町方の役人が来るまでは、この座敷に誰も入ってはならぬ。よいな」

それだけ言って、竜之介は店へ戻った。草履を履いて、通りへ出る。

（斑忍者に先を越されたか……）

竜之介は、厳しい表情になっていた。

無理心中に見せかけているが、あれは殺人であった。

白昼に、営業中の店の奥の住居で主人夫婦を殺害するという、大胆不敵な犯行である。

もし、夫婦喧嘩が昂（こう）じての無理心中なら、言い争いの声が聞こえるはずだし、悲鳴や叫び声や物音もするはずであった。

（口封（くちふう）じかな……恐るべき奴らだ）

日本橋の方へ戻りながら考えていると、

「――お武家様」

斜め後ろから、竜之介に声をかけた者がいる。女であった。

振り向くと、二十六、七と見える色っぽい年増女（としまおんな）が、にっこりと笑いかけた。

「わたくしは、駒と申します」

「お駒か。わしに何か用か」

「はい」お駒は頷いて、

「お武家様がお知りになりたいことを、教えて差し上げようかと思いまして」

「何だと……」

「こちらへどうぞ――」

返事も聞かずに、お駒と名乗った女は、先に立って歩き始めた。

二

お駒と名乗った女が、松平竜之介を案内したのは、元大工町新道の谷房稲荷の裏手、板塀に囲まれた一軒家であった。

「朝方に通いの婆さんが来るだけで、あたし一人の家ですから、気楽になすってくださいまし――」

六畳の居間で、そう言って、お駒は手早く酒肴の支度をする。

「一人暮らしでも、いきなり、旦那とやらが来るのではないか」

庭を眺めながら、竜之介が言う。

「ほ、ほ、ほ。下情に通じてらっしゃるんですねえ。さあ、おひとつ」

右の袂を押さえて、お駒は酌をする。

「……」

竜之介は、その盃をじっと見つめた。

「疑ってらっしゃるんですね。毒か何か入ってるんじゃないか、と」

お駒は手酌で自分の盃に注ぐと、きゅっと一気に飲み干した。

「ああ美味しい……これで、ご納得されました？」

「そうだな」

竜之介も静かに盃を干す。

「なるほど。酒そのものは上等のようだ」

「まだ言ってる……あたしって、そんなに悪い女に見えるかしら」

しのぶ髷という髪形をしたお駒は、後ろに片手を突いて、上体を捻りながら斜めに竜之介を見る。

実に色っぽい眼差しであった。堅気ではなく玄人であることは、間違いない。

「悪女かどうかは別にして、わしを見知っている理由がわからぬ」

「それは、おいおいお話ししましょう。まずは、お武家様が一番知りたいこと――お央という女中が、どうして濡れ衣を着せられたのか」

「うむ、それだ」

竜之介は頷いた。

「蓋（ふた）を開けてみたら、ごく平凡なことなんですよ」

酌をしながら、お駒は言う。

「伊勢屋の主人、吉五郎ね。お央に懸想（けそう）してたんです」

「なに？」

「病気がちだった前妻のお繁（しげ）が亡くなり、その喪が明けると、吉五郎は、待ちかねたように茶汲み女のお松を後妻に迎えました。当然、お繁が生きてる時から、お松とは関係があったんです」

「……」

「ところが、男って勝手な生きものなんですね。やっとお松を念願の後妻にしたと思ったら、三年と経（た）たないうちに飽きちまったんです。まあ、お松の金遣いの荒さにも、うんざりしてたんでしょうが……そこで、お央が目に入った」

三年前に奉公に来た時には子供っぽかったお央が、十八の春を迎えると、娘らしくなった。

しかも、お松とは違って、初々しい生娘の魅力である。

そこで吉五郎は何とか理由をつけて、お央と二人きりになろうとした。

だが、女の勘でそれに気づいたお松が邪魔をするので、なかなか上手く行かない。

「でも、お松は、このままでは何時か亭主がお央に手をつけてしまうだろう――と心配したわけです。それで子供でも出来たら、自分は離縁されてしまうかも――と」

「商家とはそういうものなのか」

武家の場合は、原則として側室が子を産んでも正室が離縁されることはない。

「そうですよ」とお駒。

「だから、お松は、お央を追い出そうとしたんです。それも、店から追い出しただけでは、吉五郎が外に囲ってしまうかもしれない。絶対にそうさせないように……お駒を縄つきにしたんですよ」

「では――やはり、鋏の件は狂言か」

「そうですとも。ねんねなお央が吉五郎の気持ちに気がついていないのを幸いに、お松は鋏で切りかかられたと騒いで、町方にお央を捕まえさせたんです」

「しかし……主人の妻を傷つけた者は磔になると承知の上でか」

竜之介は憤慨する。

「そうですよ。女の嫉妬って、怖いですね」

お駒は艶やかに笑った。

「そなた――どうしてそんなに詳しく、お松の気持ちを知っておるのだ」

当然の疑問を、竜之介はぶつけた。

「本人から聞きましたもの」

「本人から……？」

これは意外な返答であった。

「お央が捕まってから、厄払いだと言って、お松は手代を連れて寺参りをするようになりました。まあ、参詣は名目で、料理茶屋で飲み喰いするのが本当の目的なんですけどね」

お松が三縁山増上寺に参詣した時、お駒は境内でわざとぶつかり、お詫びに奢らせてください――と言って、門前町の料理茶屋に連れこんだのであった。

「そこで、手代を別の部屋へやって、女同士の明け透けな色事の話をしました。

そしたら、酔っ払ったお松が、ぺらぺらと真相をしゃべってくれたんです」

嘲(あざけ)る口調で、お駒は言う。

「あんまり濡れ衣を着せるのが上手くいったんで、誰かに自慢したかったんでしょうね。自分で頭が切れると思いこんでる小悪党って、そんなもんですよ」

「ふうむ……」

話の辻褄(つじつま)は合っているし、それでお央の冤罪(えんざい)に対する疑問は氷解した。

斑(まだら)の忍者と冤罪事件は、関わり合いはないらしい。

だが、新たな疑問が生じている……。

「そなた、わざとお松に近づき酔わせて事件の真相を喋らせた——と申したな。どうして、そんな真似をしたのだ」

「ふ、ふふ。ここから先は、他人様(たにんさま)には話せません」

お駒は艶然(えんぜん)と笑って、

「他人でなくなれば、別ですけどね——」

三

「ああ……凄いわ」

肌襦袢一枚の姿になったお駒は、胡座を掻いた松平竜之介の股間に顔を埋めていた。

無論、竜之介は、下帯も取り去って全裸である。脱いだ着物と大小は、脇に置いてあった。

お駒の巧みな口唇奉仕によって、竜之介の男根はその偉容を露わにしていた。

逞しくそそり立ち、先端部が丸々と膨れ上がっている。

「長さも太さも、普通の男のものの倍以上もある……」

血管の浮かび上がった茎部に唇を這わせながら、お駒は上ずった声で言った。

「石みたいに硬くて、熱くて……脈打ってるわ……」

そして、お駒は口を大きく開けて、巨根の玉冠部を呑む。

頭を上下させるお駒の背中を、竜之介は撫でてやった。

熟れた年増女でも、巨きすぎる竜之介の肉柱の全てを呑みこむことはできない。

ぬちゅ、ぷちゅ……と唾液で濡れた茎部を唇で扱いて、お駒は口を外した。

「もう我慢できない……」

濡れた瞳で竜之介を見上げて、懇願した。

「入れて……早く犯してっ」

「よかろう」

竜之介はお駒を押し倒すと、肌襦袢の裾前を割った。水色の下裳も割って、下半身を剥き出しにする。

豊満な肢体である。黒々とした豊かな草叢の奥に、赤紫色の花園があった。

そこは、しとどに濡れている。

竜之介は右手で巨根を摑み、先端を花園に押し当てた。本手――正常位である。

腰を進めて、貫く。

「ひいィイい……っ！」

奥の院まで一気に侵入されて、お駒は仰けぞった。

「す、凄い……凄すぎるぅ……」

巨大な質量の肉塊に、女壺を髪一筋の隙間もなく完全に占領されて、お駒は喘いだ。

「動くぞ」

そう言って、竜之介は律動を開始した。

長大な男根を後退させ、前進させて奥の院を突く。その繰り返しだが、巧みに強弱をつけていた。

「お、おおっ……おォォ……」

お駒は悶(もだ)えた。これほどの巨根に自在に責められるのは、初めてなのであろう。

「お駒――」

抽送しながら、竜之介は言う。

「お松に近づいた理由を、話してくれ」

「お央が……」

お駒は何か言いかけてから、

「待って、あたしを上にしてくださいな」

「上か」

竜之介は、腰の動きを止めた。

結合したままで、ぐるりと互いの位置を入れ替える。

「あぁァっ」

お駒が、悲鳴に近い声を上げた。

女壺の内部を、奇妙な形で巨根が摩擦したからだろう。

竜之介は仰向(あおむ)けになり、お駒が上になった。

そして、お駒は竜之介の胸に両手を突いて、軀(からだ)を起こす。膝立ちの姿勢になった。

つまり、騎乗位である。

お駒は諸肌(もろはだ)脱いで、胸を露わにした。

青い静脈の透けて見える、豊かな乳房であった。乳輪は小豆色(あずきいろ)をしている。

お駒はその姿勢で、臀(しり)を蠢(うごめ)かせた。

「んんぅ……下から突いてくださいな」

「こうか」

竜之介は、真下から力強く突き上げた。

「あ、あああっ」

乳房を揺らして、お駒は悦声(よがりごえ)を上げた。正常位で突かれるのとは別の刺激があったのだろう。

「どうだ、話してくれるか」

「お、お央が……三人娘の一人だからです……」

喘ぎながら、お駒が言う。

「だから、どうしてお松が濡れ衣を着せたのか…確かめる必要があったの……」

「三人娘とは、何だな」

「そ、それは…」

次の瞬間、竜之介は勢いよく左へ転がった。

「きゃあっ」

結合が外れて、お駒の軀は座敷の隅へ投げ出される。

そして、直前まで竜之介が横たわっていた畳から、鑓の穂先が飛び出した。

竜之介は、大刀を掴む。

ほぼ同時に、襖が蹴り倒されて、隣の座敷から二人の浪人者が飛びこんで来た。抜身を手にしている。

二人は竜之介に向かって、刀を振り下ろそうとした。

が、それよりも早く、竜之介は振り向きながら、鞘に入ったままの大刀で二人の腹部を薙ぐ。

「ぐはっ」

「げっ」

二人の浪人は、内臓が破裂したような衝撃に、大刀を放り出してしまう。

竜之介が大刀を抜いて、二人に峰打ちをしようとした時、縁側(えんがわ)の向こうに、別の浪人者が姿を現した。

右手に手鑓を持っている。縁の下から竜之介を突き殺そうとしたのは、こいつなのだ。

その浪人者は、手鑓を投げつけた。

「ぎゃあっ」

お駒が悲鳴を上げる。その胸に、深々と手鑓が突き刺さっていた。

「お駒っ」

竜之介は、お駒に駆け寄り抱き起こした。

「しっかりしろ」

その間に、二人の浪人者は這って庭へ逃げる。手鑓の浪人者は、その二人を助け起こした。

三人が裏木戸の方へ逃げるのを目の隅に見ながら、竜之介は、お駒を放っておくことが出来なかった。

「竜之介様……」

弱々しい声で、お駒が言った。

「久という名、保という名の娘……お央と三人揃えば……」

そこまで言って、お駒は咳きこんだ。鮮紅色の血が、口から流れ落ちる。

「ちきしょう……口封じで、あたしを殺すなんて……」

恨みがましい目で、虚空を睨む。

「お駒。三人が揃うと、どうなるのだ」

「百万両……百万両の在処が……」

「なに、百万両だと？」

「十八……首の後ろに黒子……」

お駒の声は、どんどん小さくなっていく。

「そして…」

声が途切れた。がっくりと、お駒の頭が垂れる。

「お駒……」

竜之介は、お駒の首に触れて、脈が止まっているのを確認した。

手鎖を抜いて丁寧に畳に横たえると、肌襦袢を直して、両手の胸の前に重ねてやる。

自分を罠に嵌めて殺そうとした女であったが、仲間に殺されたのは哀れである。

それに、最後の力を振り絞って、竜之介に秘密の一端を教えてくれたのだ。

竜之介は片手拝みして、

「そなたの仇敵は、わしが討ってやるからな」

お駒に、そう約束するのであった。

四

「百万両ですと？」

南町奉行所の与力・三村太左衛門は、唖然とした表情になる。

お駒の死体が横たわる居間の隣の部屋に、松平竜之介と三村与力は座っていた。

あれから――着物を着こんだ竜之介は、手紙を書くと、表を通りかかった男の子に駄賃をやって、伊勢屋にいる町方の役人に渡してくれ――と頼んだ。

伊勢屋で主人夫婦の死骸を調べていたのは、南町の同心・内藤庄蔵である。お央に縄をかけた同心であった。

手紙を見た内藤同心は、驚愕した。

昨夜の事件に立ち合った松浦竜之介だが、南の与力三村太左衛門殿に至急来て貰いたい――という内容だったのである。

とりあえず、御用聞きの和吉を南町奉行所に走らせて、男の子から家の場所を訊いた内藤同心が、この家へやって来た。

そして、お駒の死体に驚き、竜之介から話を聞いて、さらに驚いたのである。三村与力は、町奉行所の馬で駆けつけて、竜之介から百万両の話を聞かされたのである……。

「竜之介様。一体、その百万両とは、どういう謂われのものでしょうか」

「わからぬ。が、盗人の隠し金などではないだろうな。金額が大きすぎる」

「そうですな。すると……また、軍資金か何かでしょうか」

由比正雪の軍資金五十万両を竜之介が見つけて公儀に引き渡した事件は、三村与力も町奉行から聞かされていた。

「そうかも知れぬ。とにかく、斑の忍者がお央を手に入れようとしたのは、百万両のためだとわかった。伊勢屋の夫婦を無理心中…相対死に見せかけて殺したのは、斑の忍者だろう」

心中という言葉は禁止されているので、竜之介は言い直した。

「だが、あのお駒と浪人たちは、斑の忍者の仲間ではないようだな」

「すると、斑忍者と浪人組の二手が、百万両を狙っているというわけですか」

「おそらくそうだろう」

「それにして、お央の他にもう二人……お久とお保、十八で首の後ろに黒子ですか。どうも、難しいですなあ」

三村与力は腕組みをする。

「人別帳から何とか探してみてくれぬか」

「そうですな。手間暇かければ、割り出せるかも知れません」

それから、隣の座敷を覗きこんで、

「あのお駒という女の身許も調べて、浪人組の手がかりが見つかればよいのですが」

「宜しく頼む」

竜之介が頭を下げると、三村与力は恐縮して、「ははっ」と畳に両手を突いた。

第四章　山駆党

一

「これはまた……途方もない話になってきましたね」

御用聞きの由造が、首を左右に振って感心する。

「百万両ですか……千両箱なら千個、二千両箱でも五百個、大変な数だ。隠しておくにしても、かなりの広さがないと」

翌日の巳の上刻——松平竜之介からの手紙を貰った白銀町の由造は、下っ引の松吉と久八を連れて、慶印寺近くの隠れ家へやって来たのだった。

そして、お央の煎れてくれた茶を飲みながら、竜之介から昨日の顚末を聞かされたのである。

「とにかく、あと二人の娘を見つけないと、その百万両は見つからないわけです」

湯呑みを手にして、早耳屋（はやみみや）の寅松（とらまつ）が言う。

昨日からずっと、寅松は、この隠れ家に泊まりこんでいたのである。

「南の与力の旦那が人別帳を調べてくれるそうですが、江戸には人別帳から洩れてる者も結構いますからねえ」

そう言ったのは、松吉だ。

「名前を変える者もいるし……年齢が十八で首の後ろに黒子（ほくろ）という手がかりの方が、わかりやすいかも」

これは久八である。

「竜之介様――」と由造。

「そもそも、あとの二人は確かに江戸にいるのでしょうか。百万両がどこに隠してあるか知らないが、二人の娘だって六十余州のどこかに散ってるかも知れませんよ」

「そうなると、捜し出すのは難しいな」

竜之介は同意した。

「だが、とりあえずは二人は江戸にいるという前提で捜さないと、事態は進展しない」

「ははあ……そうですね」

「そこで、また苦労をかけるが——松吉と久八は寅松と交代して、この家に詰めてほしい」

「わかりました。前と同じように、三交代にします。ご心配なく」

張り切って、松吉が言った。

「寅松さん、ご苦労様でした」と久八。

「あっしらに任せて、長屋へ帰って休んでくだせえ」

「頼むよ。明日の朝、また来るから」

寅松は頭を下げる。

「ところで、竜之介様」由造は言う。

「斑(まだら)忍者の玄左(げんざ)とかいう奴が乗っていた屋根船は、品川の船宿から盗まれたものだということです。ですが、乗り換えて逃げた猪牙舟(ちょきぶね)の方は、まだ、見つかってないそうで……足がつかないように、石を積み船底に穴を開けて沈めた——とも考えられますね」

「うむ。見つからなければ、そういうことも考えられるな」

竜之介は頷いて、

「もう一つ考えられるのは——水門と栈橋のある屋敷に、逃げこんだかも知れぬ」

「なるほど。大川の水を引きこんだ庭に栈橋のある屋敷に入っちまえば、探索の目も届きませんね」

由造は膝を叩いた。

「すると、秘唇帖事件や贋小判事件のように、今度も、旗本や大名屋敷が絡んでいるんでしょうか」

「そうでないことを、わしは願っている。もう、旗本や大名の後始末はたくさんだ」

うんざりした口調の竜之介だった。

秘唇帖事件では若年寄が関わっていたし、贋小判事件では佐渡奉行と寺社奉行が事件の主犯だったのである。

「浪人組の方は、そのお駒という女の人相書きを南町で作って貰い、素性を調べることですね。お駒というのは偽名でしょうが……」

「わしが、あの三人の浪人者の一人でも手捕りにしていれば、何の苦労もなかったのだが……手鑓で刺されたお駒が気がかりでな」

竜之介は溜息をつく。

「それが旦那のいいところですよ」

寅松が脇から言う。

「そういう旦那だからこそ、今までも色んな女たちが旦那に…協力してるんです」

旦那に抱かれて――と言いそうになって、寅松は表現を和らげた。

「あっしたちは男ですが、旦那のその人情に篤いところに惚れこんでるんで」

「そうじゃなきゃ、命賭けで働けませんや」

松吉と久八が、身を乗り出して言う。

「うむ……有り難う」

竜之介は微笑した。

「それにしても、斑忍者が投げ文の末尾に書いていた〈山〉とは何だろう。普通に考えれば、名前の一字だが」

「山田、山川、山下、山崎……考えれば幾らでもありますね」

由造は首を捻る。

「親分、下の名前で山五郎とか、雪山(せつざん)とかいう画号もあるんじゃないですかね」

「お、久八。学のあるところを見せたな。おみそれしたぜ」

「いやだな、親分。からかっちゃいけねえ」

すると、脇から松吉が、

「人の名前とは限りませんよ。山城町みてえに、町の名前とか地名かも知れない」

「なるほど。久八や松吉の言うことにも、一理あるな」

竜之介は深々と頷いた。

「二通の投げ文は南町が預かっている。手蹟(しゅせき)などから、何か手がかりを見つけてくれればよいが……」

それから、一同を見まわして、

「では、打ち合わせはこれまでだ。寅松は長屋へ帰って、休んでくれ」

そう言いながら、竜之介は大刀を手にした。

「竜之介様、お出かけですか」

由造が訊(き)くと、竜之介は立ち上がって、

「うむ——浅草寺(せんそうじ)の奥山(おくやま)へ行ってみる」

二

浅草の金竜山浅草寺は、江戸で最も参詣客の多い寺社である。

本尊の聖観世音菩薩像を安置する本堂は、その壮大華麗さで知られていた。

その本堂の北西には、〈奥山〉と呼ばれる盛り場があった。

水茶屋や矢場、芝居小屋、観世物小屋、寄席などが建ち並び、空の下で大道芸人たちが客を集めている。

斑忍者の玄左は、素晴らしい体術の持ち主であった。そのような者たちが、江戸で潜み隠れるには、どんなところが良いか——松平竜之介が思いついたのは、〈軽業小屋〉である。

軽業芸人として体術を観世物にしていれば、逆に町方に疑われずにすむのではないか。

「なるほど、面白い」

竜之介の考えを聞いて、由造も膝を打った。

「あっしも、ご一緒します。奥山には知り合いがいますんで——実は、この間、あっしが腹を壊して寝てる時に、古い知り合いの俊吉が見舞いに来てくれましてね」

この俊吉というのが、〈唐人暁月太夫〉の名で軽業の一座をやっている。

ずっと上方の方に巡業に出ていたが、今は江戸へ戻って奥山で小屋掛けしているから、具合がよくなったら見に来てくれ――と由造は言われていたのだ。

「忙しくて、ずっと不義理をしてましたが、ちょうどいい。俊吉なら、斑忍者について何か心当たりがあるかも知れません」

そういうわけで、竜之介と由造は隠れ家を出て、浅草寺へやって来たのだ。

参詣を済ませてから、奥山へ向かう。

暁月太夫の小屋は、すぐに見つかった。

居合抜きの芸人が大勢の見物を集めている向こうに、唐人暁月太夫の絵看板を出した小屋がある。

丸太を組んで筵掛けした、大きな仮小屋であった。

木戸番の男に「白銀町の由造だが」と名乗ると、

「これは親分、よくおいで下さいました。座頭に報せて参りましょう」

由造の名を聞いていたらしく、男は愛想良く言った。

「今は、興行中かい」

「アンナン小僧が、舞台で玉乗りをやってる頃ですね。その後、花形の白蘭娘が綱渡りを見せます。それで一区切り、客の入れ替えをしますんで」

アンナンは〈安南〉と書いて、当時の東南アジアの国名である。

「じゃあ、中で見物させて貰うよ。区切りがついてから、俺が楽屋の方へ行くから」

「そうですか。では、どうぞ」

木戸番は、由造と竜之介に等分にお辞儀をした。無論、木戸銭は取らない。

長暖簾を潜って、二人は中へ入った。

畳を敷いた客席の奥に、舞台がある。

狂言に用いる唐人衣装をさらに煌びやかにした服装で、十三、四歳の可愛い少年が、滑稽な玉乗りを演じていた。

これが、アンナン小僧だろう。

玉から飛び下りたアンナン小僧が、両手を広げて頭を下げると、拍手が起こった。

「それでは皆様、いよいよ当座の花形白蘭娘の危険極まりない綱渡りでございます」

泥鰌髭（どじょうひげ）を垂らした暁月太夫が、客席の後方を指さした。

「あちらから、白蘭娘の登場です」

客席の背後に十五尺——四・五メートルほどの高さの櫓（やぐら）がある。

その櫓の天辺から舞台上の櫓まで、綱が張り渡されているのだ。

舞台の鳴り物とともに、大龕灯（だいがんどう）の明かりが、櫓の天辺に立つ天女のような衣装の白蘭娘を照らし出した。

五色の傘を差した白蘭娘は、笑みを浮かべて客席に向かって手を振る。

客たちは、熱狂的に拍手をした。

すると、白蘭娘は袂（たもと）から赤い手拭いを取りだした。その手拭いで、自分で目隠しをする。

それから、右手で傘を持って水平に横へ突き出した。左手も横に突き出して、両腕が真一文字になる。

鳴り物が、ぴたりと止まった。客席も、しーんと静まりかえる。

「……」

目隠しをした白蘭娘は、慎重に布靴を履いた右足を踏み出した。

その右足に体重をかけて、ゆっくりと左足を踏み出す。
これで、両足が綱の上に乗ったわけだ。
白蘭娘の軀が左右に揺れたので、客席がざわめく。
だが、両腕で均衡をとって、彼女の軀は静止した。その状態で、右足を前に踏み出す。
さらに、ぱっと右手の五色の傘を左手に持ち替えた。
舞台の鳴り物が再び、賑やかに奏でられる。
客席から、わーっと歓声が上がった。
白蘭娘は傘を持ち替えながら、するすると綱の上を進んでゆく。
「大したものですねえ」
感心した由造がそう言った時、突如、綱が真っ二つに切れた。

三

綱渡りしていた白蘭娘の軀は、真下に落下する。
「危ないっ」

反射的に、松平竜之介は飛び出していた。

わっと客が逃げ出した空間に飛びこむと、落ちて来た白蘭娘の軀を受け止めた。

「あ、ありがとうございます……」

手拭いを取って、震えながら礼を言う白蘭娘に、竜之介はふと眉を寄せて、

「おや……そなたは」

「はい、羞かしながら男でございます」

女装の美しい芸人は、濃い化粧の下で頰を赧らめた。

竜之介は抱きかかえている相手の筋骨から、女ではないとわかったのである。

その時、「きゃあっ」と舞台で悲鳴が上がった。

見ると、客席の最前列に陣取っていた職人風の男たち三人が、いきなり、アンナン小僧に襲いかかったのである。

しかも、その悲鳴は女のものであった。アンナン小僧は、男装した娘だったのだ。

「すまんっ」

竜之介は急いで白蘭娘を下ろすと、総立ちになっている客たちを掻き分けて、舞台の方へ走った。

「やめいっ」

竜之介が一喝(いっかつ)すると、男の一人が何かを客席に叩きつける。

小屋の中に、白い煙が爆発的に広がった。煙玉(けむりだま)であった。

「何だ、これはっ」

「ま、前が見えねえっ」

「助けてぇっ」

客たちは大混乱に陥(おちい)り、白煙の中を出口を求めて右往左往する。

ようやく、竜之介が舞台に辿り着いた時には、アンナン小僧も男たちも消えていた。

「むっ」

竜之介は見当をつけて、楽屋の方へ飛びこむ。

楽屋の中は、客席の方に比べれば白煙が薄かった。

鏡や化粧道具、衣装葛籠(つづら)があるだけで、アンナン小僧や男たちの姿はいない。

そして、裏口の暖簾(のれん)が揺れていた。

竜之介は裏口に近づく。

「……………」

外の気配を窺ってから、大刀の鯉口を切って、さっと飛び出した。

「死ねっ」

裏口の脇に潜んでいた男が、鉄鳶口を振り下ろす。

それをかわした竜之介は、抜き打ちで相手を斬って捨てた。

男は血煙を上げて、倒れる。客席に煙玉を投げつけた奴であった。

小屋の裏手には、雑木林が広がっていた。

その林の手前に、二人の男がアンナン小僧を捕まえている。

「鉄鳶口か……貴様らは、斑装束の忍者だな」

血振して、竜之介が言う。

「六角礫で綱を切って、芸人が落ちた混乱を利用し、その娘を掠うという手筈であったか」

「素浪人め……一昨日の夜、石置場に現れた奴だな」

男の一人が言った。固太りで三十前に見える。

半纏に黒い腹掛け、着物の裾を臀端折りにして、藍色の川並という姿は、大工や植木職人としか見えない。

江戸の路上ではありふれた格好で、どこにいても目立たないであろう。

「牢屋同心を騙った奴か。では、土々瀬の仇敵だっ」

もう一人が、憎々しげに言った。こっちは、丸顔で目が細い。

「土々瀬とは、あの大男のことか。一体、貴様たちは何者だ」

「……………」

二人の男は黙りこむ。アンナン小僧の男装娘は、口に猿轡を嚙まされ後ろ手に縛られて、怯えきっていた。

「忍者なら、雇い主がおろう。誰のために働いているのか」

竜之介は一歩、前へ出た。

その瞬間、丸顔の男が、煙玉を竜之介の方へ投げつけた。ほぼ同時に、固太りの男が六角礫を放つ。

竜之介は、大刀の峰で六角礫を弾き落とした。半間ほど先で、煙玉が破裂する。

白煙が広がる中、とっさに、竜之介は左へ跳んだ。

彼がいた元の位置に、数個の六角礫が飛んで来る。

竜之介は身を低くして、突進した。

白煙の向こうから、丸顔の男が鉄鳶口を振りかざして、飛び出して来る。

擦れ違い様に、竜之介は、相手を斜めに斬り上げた。

「げぇっ」

脇腹を斬り裂かれた丸顔の男は、勢い余って顔面から地面に倒れこみ、一回転して倒れる。

そして、動かなくなった。男の周囲に、血溜(ちだ)まりが広がってゆく。

白煙の薄いところに出た竜之介は、煙の奥に咳きこんでいる小柄な人影を見つけた。アンナン小僧であろう。

そこへ飛びこんで、相手の肩を掴む。

「しっかりしろっ」

「う、う……」

アンナン小僧は、彼の胸の中に飛びこんで来た。

縄や猿轡を解いてやりたいが、もう一人の男がどこにいるのか、わからない。

突如、背後に強烈な殺気を感じた。

「っ！」

竜之介は、アンナン小僧を軀で庇(かば)いながら、振り向いた。

目と鼻の先に固太りの男がいて、鉄鳶口を振り下ろして来る。

竜之介は大刀で十文字に、その鉄鳶口を受け止めた。

「我ら山駆党の邪魔をする者は、生かしておけぬ……死ねっ」

そう叫んで、男は左手の六角礫で、竜之介の首筋を斬り上げようとした。

並の武芸者なら、為す術（すべ）もなく喉笛を斬り裂かれていただろう。

しかし、竜之介は、それより早く左手で脇差の柄頭（つかがしら）を突き出す。

「ぐふっ」

鳩尾（みぞおち）を柄頭で突かれた男は、後方へよろけた。

その隙に鉄鳶口から大刀を外した竜之介は、相手の腕を斬り下げる。

「がっ」

右の手首を切断されて、固太りの男は左へ倒れこんだ。鉄鳶口を握った右手は、地面に落ちる。

さらに、竜之介が男を峰打ちにしようとした時、雑木林の中から複数の六角礫が飛来した。煙玉もだ。

「ぬっ」

竜之介はアンナン小僧を抱いて、横っ跳びに跳んだ。そして、しゃがみこむ。

幾つもの煙玉が破裂して、その辺り一帯は濃厚な白い闇に包まれた。

しばらくの間、竜之介はアンナン小僧を抱いたままで、周囲の殺気を探っていた。

数人の気配が、白煙の中で動いている。

そして、その気配が遠ざかり、やがて白煙が晴れてきた。

「むむ……」

見まわすと、男たちの死体が消えていた。

鉄鳶口を握った右手も、消えている。

雑木林の中に潜んでいた仲間が、全て回収していったのだろう。残っているのは、六角礫と地面の血溜まりだけだ。

竜之介は、アンナン小僧を抱いたまま立ち上がった。

「奴め、山駆党と申したな……」

ついに、謎の敵の名前が判明したのであった。

小伝馬町（こでんまちょう）牢屋敷への投げ文（ぶみ）の末尾に書かれていた〈山〉とは、山駆党を意味する一字だったのだ。

しかし、竜之介の知識では、山駆党という名称に心当たりはない。

それから、竜之介が、ふとアンナン小僧の項（うなじ）を見ると、そこに小さな黒子（ほくろ）があった。

「おっ」

驚いた竜之介は、男装娘の猿轡を外してやる。

「そなた、名は何という——アンナン小僧という芸名ではなく、本当の名前は」

「はい……保と申します」

男装娘は、おずおずと答えた。

「年齢は」

「十八……」

首筋の後ろに黒子がある十八歳のお保という娘——つまり、アンナン小僧は、百万両の手がかりになる二人目の娘なのであった。

お駒という女が今わの際に語ったことは、本当だったのである。

四

「——この娘は、気の毒な孤児でして」

ようやく客の大混乱も治まった軽業小屋の楽屋で、唐人暁月太夫の俊吉は語り出した。

「駿河の漁村が故郷でしてね。十にもならぬ時に、嵐で漁師だった父親が遭難し、それを苦にした母親が首を吊ってしまいました。それで身寄りがなく、村長も困っていたので、わたくしが引き取って芸人にしたわけです」

松平竜之介とアンナン小僧のお保、白蘭娘の綾太郎、そして御用聞きの由造が、楽屋に集まっている。

無論、興行は中止していた。木戸番の梅助は、誰も入らないように見張っている。

「それで、お保」と由造。

「お前、お央とお久という娘に心当たりがないか。同じ十八の娘だが」

「いえ……」

舞台化粧を落としたお保は、首を横に振った。

これは、昨夜、隠れ家で竜之介が訊いたお央も、同じ答えであった。

つまり、百万両の鍵を握る三人の娘は、互いに相手を知らないのである。

お央は江戸の根付師の娘、お保は駿河国の漁師の娘、三人目のお久は、どこにいるのであろうか……。

「ところで、太夫」と竜之介。

「お保を掠おうとした曲者は山駆党という忍者で、大変な悪党だ。そして、体術に優れている」

「はい」

「先ほどの者たちは職人体であったが、わしが思うに、普段は軽業師として世間を欺いているのではないだろうか」

「なるほど。それなら、怪しまれることも少ないでしょうね」

「おそらく、十人以上の者が江戸のどこかに身を潜めている。何か耳にしたら、由造に報せてほしいのだ」

「わかりました」

　俊吉は力強く頷いた。

「白蘭娘とアンナン小僧の命の恩人である松浦様と由造親分のためでしたら、精一杯、働かせていただきます」

「わたくしも、芸人仲間にそれとなく当たってみます」

　脇から、綾太郎が言った。いつも女装しているせいか、自然と科を作ってしまう。

「頼むぞ」竜之介は言う。

「それから、頼んでおいて、こんなことを申すのはおかしいが……山駆党は残忍無類で、人の命を奪うことを何とも思っていない連中だ。決して深入りせず、危険は避けて、わかったことだけ報告してくれ」

「私らのような芸人風情(ふぜい)に、左様なお気遣いいただきまして、有り難く思います」

俊吉たちは頭を下げる。

「さて、もう一つ頼みがある」

竜之介は、お保の方を見て、

「この娘は山駆党に狙われている。なので、わしに身柄を預けてほしいのだが」

「ははあ……」

俊吉は即答しかねて、お保の顔を覗きこむ。

「お保。お前の気持ちは、どうだね」

「あたし……ご迷惑でなければ」

目を伏せたお保は、耳まで真っ赤にして言った。

「お侍様のお世話になりたいと思います」

第五章　死客人・三鬼衆

一

「ちっ……まだ、背中が疼きやがる」

干支吉は、小声で愚痴をこぼした。

そこは――下谷の坂本町にある居酒屋の土間であった。

松平竜之介が軽業小屋の楽屋で話をしているのと同時刻――居酒屋の隅の卓で、早耳屋の干支吉は酒を飲んでいた。

ほぼ四十日ぶりの酒である。

禁酒をしていたのではない。干支吉は、小伝馬町牢屋敷に捕らわれていたのだ。

先月の秘唇帖事件の時――夜叉姫お琉の渡世名を持つ女凶賊のために働いていた、干支吉である。

しかし、お琉は斬り殺されて、一味のほとんどの者も殺されるか重傷を負った。そのため、干支吉の罪を正確に調べることが出来ず、他の者は軽くても遠島だったが、干支吉だけは敲(たた)きで済んだのであった。

敲きとは、箒尻(ほうきじり)と呼ばれる拷問杖(ごうもんづえ)で、肩や背中、臀(しり)を打たれる刑罰である。回数は五十回だ。

十日ほど前——干支吉は、牢屋敷表門の石畳に敷かれた筵(むしろ)の上に、腹這(はらば)いの姿勢で裸で寝かされた。

四人の下男が彼の手足を押さえ、もう一人が頭を押さえる。

敷地を背にして、表門に町奉行所の検屍与力、牢屋見廻り与力、牢屋奉行・石出(いしで)帯刀(たてわき)、徒目付(かちめつけ)、小人目付が立つ。

表門の左側には鍵役(かぎやく)同心が四人、右側には打役(うちやく)が四人並び、医師と下男の部屋頭(がしら)が控える。

十回ずつ五度、打役に箒尻で打たれた科人(とがにん)は、町名主や家主などの引取人がいる場合は、彼らに引き渡される。

だが、干支吉のように誰も引取人がいない場合は、衣服を着せてから路上に放り出されるのだ。

箒尻で五十回も打たれると、歩行も容易ではない。

お情けで貰った杖に縋りついて、千支吉は、よろよろと歩き出した。

老人でもないのに牢屋敷の方から杖をついて歩いて来る者は、放免になった科人に決まっているから、行き交う人々が好奇の目で千支吉を見ていた。

しかし、千支吉は、そんな視線を気にする余裕はない。

背中や肩の痛みに耐えながら、歯をくいしばって一歩一歩、足を前に出すことに、気力の全てを集中せねばならなかった。

何度も倒れ、何度も座りこみながら、長い時間をかけて、千支吉は根岸の金杉村に辿り着いた。

そこの百姓家の庭先にへたりこむと、

「まあ、千支吉さんじゃないか」

女房のお利が、びっくりして出て来た。亭主の参七も出て来て、千支吉を助け起こす。

「参七さん……すまねえが、何日か寝かせてくれねえか」

絞り出すような声で、千支吉は言った。

それだけ言うのが、精一杯だった。

「ひょっとして、お仕置されたのかい」

「まあ、な……」

笑みを見せようと思ったが、顔の筋肉が上手く動かなかった。

「とにかく、入ってくれ」

夫婦に助けられて、干支吉は、奥の部屋に寝かされる。

半刻ほどしてから町医者が来て、肩や背中や腰に膏薬を塗った紙を貼ってくれた。

「半月もすれば、歩けるようになるだろう。だが、今夜は熱が出るよ」

その言葉通り、夜になると打身が熱を帯びて、間断なく痛みの波が襲って来た。

熱と痛みで眠ることが出来ず、一晩中、干支吉は唸り続けた。

お利が作ってくれた粥が喉を通るようになったのは、熱も下がった三日目からである。

「厄介をかけるな、おかみさん」

干支吉が礼を言うと、

「とんでもない。こんなことで恩返し出来るなら、礼を言うのはこっちですよ」

四十過ぎのお利は、笑って見せた。

裏稼業の干支吉が、この百姓夫婦と知り合ったのは、三年前である。

参七が、自分たちの作った野菜を駕籠に入れて通りを歩いていると、一膳飯屋から出て来た男とぶつかってしまったのである。

それは、牛政という評判の悪い人足であった。しかも、酔っていた。

激怒した牛政は、仲間の二人と参七を叩きのめした。

さらに、動けなくなった参七を堀割に叩きこもうとしたのである。

それを止めたのが、たまたま通りかかった干支吉であった。

「まあまあ、政兄ィ。こんな百姓なんぞを相手にしたら、兄ィの貫目が下がるじゃありませんか」

そう言いながら、干支吉は紙に包んだ一分金を、牛政の手に押しつけた。

「どうか、勘弁してやってくださいな。お願いしますよ」

「ふん……まあ、いだろう」

牛政たちは肩をそびやかして、去った。

それから干支吉は、参七に肩を貸して、この家まで送り届けたのだった。

普段は善行などに無縁な干支吉が、どうしてこんな親切なことをしたかというと、それは、本人にもよくわからぬ。

強いて言えば、参七の風貌が幼い頃に池に落ちて死んだ兄に似ていたからかも知れない。

だが、命を助けられた参七夫婦の感激は、大変なものであった。

毎月、干支吉の住居に野菜や漬物を届けてくれた。

二年もそんなことが続くと、干支吉も、参七夫婦に特別な感情を持つようになった。

ある日――干支吉は百姓家を訪れて、改まった様子で言った。

「参七さん、お利さん。前に話したが、俺は陽の当たる通りを歩けない男だ。で、ここに二十両ある。これを預かってほしい。それと言うのも、俺のような稼業では恨みをかって、何時、誰に何をされるか、わかったものじゃねえ。だから、万一の時のために、これを預けておくのだ。俺が怪我をして転げこんだら、この金で医者を呼んでほしい。俺は稼業柄、他人を使用しねえ男だが、あんたたち夫婦だけは別だ。迷惑だろうが、預かっちゃくれないか」

参七は、すぐに「わかりました。お預かりしましょう」と言った。

それから涙ぐんで、「そんなに信用して貰えるなんて……嬉しいよ、干支吉さん」と夫婦で頭を下げたものである。

干支吉としては、「この夫婦に金を遣いこまれたら、それは仕方のないことだ」という一種の諦観があってのことだ。

しかし、こうして一年後に転げこむと、夫婦は約束通りに医者を呼んで、懸命に看病してくれたのである。

十日ほどで、ようやく外出が出来るようになると、干支吉は酒が飲みたくなって、この居酒屋にやって来たのだった。

（しかし、あの夫婦は善人だなあ……）

他人の情けというものをしみじみと知って、干支吉は、我ながら殊勝な気持ちになっていた。

（俺もいつまでも早耳屋なんぞ、やってられねえ。どうせ末は誰かに刺されるか、それとも捕まって遠島か死罪か……今回が敲きで済んだのは、神様か仏様が足を洗えと言ってるのかも知れねえなあ。いっそのこと、堅気になるか……）

ほろ酔い気分で、そんなことを考えていると、店に客が入って来た。

気にもせずに、干支吉が、銚子の酒を猪口に注ごうとすると、

「何だ、えて吉じゃねえか。まだ生きてたのか」

脇に立った男が、そう浴びせかけた。

二

「こりゃあ、有馬の旦那……御無沙汰しておりやす」

思わず、干支吉が腰を浮かせて頭を下げると、相手は卓の反対側に座りこんだ。巻羽織姿の有馬清三郎（せいざぶろう）、南町奉行所の定町廻り同心である。四十前だが、肌が妙に黒ずんでいた。

「えて吉。小伝馬町に叩きこまれたと聞いて、今頃は首と胴が分かれてると思ってたぜ。こんなところで、のんびりと酒を喫（くら）ってるとはなあ……さては、牢抜（ろうぬ）けでもして来たか」

えて吉というのは、干支吉を馬鹿にした呼び方である。

「旦那、ご冗談を……」

愛想笑いを浮かべて、干支吉は、奥の切り落としの小座敷が空いているのを確認した。

「どうです、旦那。あっちで、ゆっくり飲みませんか――」

「そうか、すまんな」

有馬同心は、相好をくずした。

無類の酒好きで、見廻り中でも平気で泥酔するという呆れた役人であった。

他の定町廻りが御用聞きを連れているのに、有馬同心が一人なのは、御用聞きに飲むのを止められるのが鬱陶しいから――という噂である。

肌の色艶が悪いのも、酒毒のせいだと言われていた。

大した手柄もなく、見廻りの最中に商家ややくざから袖の下を受け取り、それで酒を飲むのが生き甲斐という男である。

小座敷に移った干支吉は、小女に追加の酒と肴を注文した。

「ねえ、旦那。あっしが牢から出たのは、何も悪いことはしてないとわかって放免になったんですよ」

「そうかあ？　ふん……」

皮肉な笑いを浮かべて、有馬同心は酒を飲む。

「まあ、いい。こっちは人相書きを二枚も持たされて、江戸中を聞きこみだ。雲を摑むような話で、面倒くさいことさ」

懐から出した人相書きを広げて、干支吉に見せる。

「どうだ、えて吉。この大男と年増に、見覚えはないか」

　それは、石置場で死んだ大男と松平竜之介を罠に嵌めたお駒の人相書きであった。

「さあて、知った顔なら申し上げますが……見覚えはありませんねえ」

　干支吉は首を捻る。

「そうだろうな。こんな遣り取りを一日中、何十回も繰り返してるんだぜ。全く、嫌になるよ。百万両の隠し金とか、作り話に決まってるのに……」

「百万両ですか……そいつは景気のいい話ですね」

　早耳屋としての本能に目覚めた干支吉は、有馬同心に酒を勧める。

　酔っ払った有馬同心は、与力から聞かされた重大な話を、ぺらぺらと喋った。

「へへえ。斑衣装の忍術使いと浪人組が、百万両の娘っ子を取り合ってる、と……何だか講談みたいだ」

「おまけに、松浦竜之介とかいう変な浪人者が立ち回ってるんだ」

「松浦竜之介……」

「俺の考えじゃ、松浦ってのは御老中の隠し目付かなんかだと思う。そうじゃなきゃ、与力衆やお奉行が、あんなに気をつかうわけがない」

「ほほう」

干支吉は、自分の感情が顔に出るのを抑えるのに、苦労した。

武家女の秘部の形をとったという秘唇帖を、薬種商の慈恩堂昌玄から奪い、それで大名旗本を脅かして何万両も稼ぐ――それが女凶賊・夜叉姫お琉の目論見であった。

それで、お琉は手下を集めて、慈眼堂の寮を襲ったのである。

だが、その企みを打ち砕いたのが、浪人の松浦竜之介なのだ。

お琉は寮を守っていた侍に斬られ、凶賊一味は、ほぼ全滅した。

考えてみれば、自分が牢に叩きこまれたのも、松浦浪人のせいであった。

足を洗って堅気になろうか――という先ほどまでの殊勝な気持ちは、干支吉の頭から拭い去られている。

それに代わって、松浦竜之介に一泡吹かせて大金を手に入れたいという毒々しい野望が、彼の頭を支配していた。

つまり、いつもの小悪党の早耳屋に戻ったのである。

前々から気にくわないと思っている同業の寅松が、竜之介の配下になっているというのも、干支吉の敵愾心をさらに燃やしていた。

松浦竜之介も寅松も出し抜いてやったら、どんなに爽快であろうか……。

「香具師の留蔵たちも、松浦って奴に、こっぴどく叩きのめされたらしい。女誑しらしいが、少なくとも腕は立つようだな」

「あの強面の元締がねえ……さあ、旦那。もう一杯」

さらに酒を勧めながら、千支吉の頭は、くるくると忙しく働いていた。

三

「ところで、お保」

松平竜之介は、軽業芸人のアンナン小僧ことお保を見つめて、

「そなた、親から貰った護り袋は持っているか」

「はい、これです」

藤色の作務衣姿のお保は、胸に巻いた晒し布の下から、錦の護り袋を取り出した。

そこは――浅草寺の門前町にある出合料理茶屋、その離れ座敷である。

「ふうむ……」

受け取った竜之介は、瞠目した。

その護り袋は、お央のそれと瓜（うり）二つだったからである。

「中を見ても構わぬか」

「はい。でも、御札じゃなくてお面ですよ」

「そうか」

取り出してみると、白式尉（はくしきじょう）の面根付（めんねつけ）である。かなり古い物だ。

（やはり、この娘はお央と同じく、百万両の手がかりの一人で間違いない……お央が持っているのは、増女（ぞうおんな）だったが）

しかし、この能面が何を意味するのか、それがわからない。

素晴らしい細工の面だが、裏を見ても彫名（ちょうめい）はなかった。

竜之介は、護り袋をお保に返して、

「ひょっとしたら――そなたは、夢でお告げを聞いたことがあるのではないか」

「あら」

男装娘は目を見開いて、

「竜之介様。なんで、ご存じなんですか」

「そのお告げは、何と言っていたな？」

「はい……お前には、何時（いつ）か運命の相手が現れるのだから、それまで操（みさお）を大切に守らねばならぬ――と」

やはり、夢のお告げの内容も、お央と同じであった。

しかし、護り袋や面根付はともかく、双子でもない二人の娘が同じ夢を見るとは、不可思議である。

「それでは、そなたは、まだ浄い軀なのだな」

「ええ……」

赤くなって、お保は目を伏せた。

「――でも」

男装娘は顔を上げて、竜之介に膝で躙り寄る。

「お告げの通り、あたしは今日、運命の相手に遇えた――そうなのでしょう？」

ひたむきな瞳で、お保は竜之介を見つめた。

「そうだ。その通りだ」

竜之介は微笑して、お保を引き寄せる。男装娘の軀は、男の膝の上に飛びこんだ。

そして、竜之介はお保の口を吸う。舌先を、相手の口の中に差し入れた。

「ん……」

身悶えしながら、お保は情熱的に舌を絡ませて来た。

竜之介は接吻を続けながら、お保の軀を畳の上に横たえる。

下衣の紐を解いて、それを脱がせた。

お保は、その下に白い木股を穿いている。

その股間の亀裂を、布越しに中指で撫で上げた。

すぐに、布地が湿ってくる。亀裂の奥から、透明な愛汁が湧き出しているのだ。

竜之介は、木股も取り去った。処女の下半身が、剥き出しになる。

玉乗りで鍛えたせいか、引き締まった下肢であった。

お保のそこに、恥毛はない。美しい薄桃色の亀裂があるだけだ。

男の指が、無毛の亀裂を直に愛撫する。

「あっ、ああっ……」

口を外して、お保は甘い悲鳴を上げた。

たちまち、そこは愛汁まみれになる。亀裂から溢れた愛汁が、臀の孔を濡らすほどであった。

竜之介は、手早く全裸になる。

そして、お保の両足を、己れの肩に担ぎ上げた。男装娘の伸びやかな肢体は、くの字に曲げられる。

屈曲位の姿勢で、竜之介は、巨砲の先端を薄桃色の花園の押し当てた。

貫く。

「……………オォォっ」

純潔の肉扉を引き裂かれて、お保は仰けぞった。

その狭い肉洞を、竜之介の巨根が完全に征服する。素晴らしい締め具合であった。

竜之介は、新鮮な肉襞を味わいながら、力強く律動を開始する。

そして、作務衣の上衣を脱がせて、晒し布も取り去った。

碗を伏せたように小ぶりの乳房で、乳輪は桃色をしている。その乳頭は、硬く尖っていた。

竜之介は、その乳頭を舐めながら、愛の行為を続ける。

そして、お保の快楽曲線が急上昇すると、それに合わせて雄汁を放った。

たっぷりと吐精して、余韻を愉しむ。

（そうか……）竜之介は理解した。

（お央やお保と出逢って、その初穂を摘むのが運命なら、三人目のお久も、必ず

や江戸にいるに違いない）

幸福な陶酔で夢現のお保を労りながら、竜之介は後始末をして、彼女の下腹を見た。

そこに、「やさなう」という緋色四文字が横向きに浮かび上がっている。

しばらくして、それは幻のように消えた……。

四

「――あっしは、早耳屋の干支吉と申します。大事な話がありますんで、元締にお取り次ぎいただけませんでしょうか」

根岸にある香具師の留蔵の家の玄関で、干支吉は腰を低くして挨拶した。

「何だ、えて吉か」

幸七が出て来て、干支吉を見下ろす。

右手首に晒し布を巻いていた。松平竜之介の手刀で打たれて、骨折こそしなかったが手首を挫いたのである。

「大事な話ってのは、なんでえ」

「へい、実は……」

干支吉は、わざと声を低めて、

「松浦竜之介という浪人者のことなんで」

「何だとっ」

すぐに干支吉は、奥の居間に通された。

「えて吉。いい加減な話を売りこみに来たのなら、五体満足でこの家は出られねえぞ」

長火鉢の前の留蔵が、凄みを効かせる。

「いいえ、元締。金は要りません」

「金が要らねえだと……？」

留蔵は訝った。

「その代わり、事が上手く行ったら分け前をいただきたいんで」

「分け前か。いくら欲しいんだ」

「――十万両で」

ずはりと干支吉が言うと、周りの乾分たちは笑い出した。

「おめえ、酔っ払ってるのか」

「そんなに袋叩きにされてえのかよ」

「とりあえず、その右腕でもへし折ってやろうか」

干支吉は平然とした顔つきで、

「何しろ、これは百万両の大仕事ですからね。とにかく、あっしの話を聞いていただきましょう――」

南町奉行所の有馬同心から聞いた話を、留蔵たちに聞かせてやった。

「ふうむ……町方が血眼で捜しているのなら、嘘やでまかせじゃねえな」

真面目な顔で、留蔵は考えこむ。乾分たちも、顔を見合わせていた。

「百万両の手がかりになる三人の娘のうち、一人目のお央は、松浦竜之介がものにしたようです。だから、隠し場所を示す四文字は、竜之介が手に入れている」

「すると、残りの二人の娘を捜し出さないといけねえのだな。十八で生娘、名はお久とお保、首の後ろに黒子か……難題だな」

留蔵は腕組みをした。

「ですが、元締。あっしは、捜す必要はないと考えます」

「え、なぜだ」

「たとえ、二人の娘を見つけて元締が可愛がったとしても、一人目の四文字は竜之介しか知りません」

「うむ……そうだな」

「奴は女誑しですから、残りの二人も見つけて四文字も手に入れるでしょう。そして、百万両の隠し場所へ行く──そしたら、元締が横から掻っ攫えばいいんですよ」

「なるほどなあ」

留蔵は破顔して、

「えて吉。てめえ、見かけによらず、肝が太いな」

「これはどうも」

千支吉は神妙に、お辞儀してみせる。

「忘れちゃいけないのは、斑衣装の忍術使いと浪人組も、百万両を狙っているということです」

「おう、そうだったな」

「こいつらの正体は、まだわかりません。ですが、竜之介が隠し場所を突きとめたら、間違いなく襲って来るでしょう。だから、三つ巴の争いになる」

「うむ、うむ」

　留蔵は何度も頷いた。

「元締は、その三つ巴の成行を眺めて、決着がつきそうになったら、飛びこめばいいんです。そして、残ってる奴らを始末する」

「そうだな。それは、いい手だ。百万両か……こいつは使い出があるぜ」

　獲らぬ狸の何とかで喜ぶ強欲な留蔵だが、ふと、考えこんで、

「だがな、えて吉。松浦竜之介は、かなり手強いぞ」

「へい」

「俺も掻き集めれば二十や三十は集められるが……竜之介と残りの連中を相手にするには、少し不安があるだろう」

「そこですよ、元締」と干支吉。

「だから、凄腕の死客人を雇うんです」

「凄腕の死客人？　あてがあるのか」

　留蔵は身を乗り出した。

「あります」と干支吉。

「三人の鬼――三鬼衆で」

第六章　高本屋鉢右衛門

一

松平竜之介がアンナン小僧のお保とともに町駕籠に乗り、加納銅右衛門の屋敷についたのは、その日の夕方である。

「いや、驚きましたぞ、竜之介様」

迎えに出た銅右衛門は、竜之介の顔を見るなり、そう言った。

「銅右衛門殿。突然の不作法な願いで、まことに申し訳ない」

「いや、不作法などということはありませんが。それより、早くも二人目の娘を見つけるとは……竜之介殿は、天眼通の持ち主でありましたか」

「いやいや、それは」

竜之介は笑った。それから、畏まっているお保の方を見て、

「この娘が、軽業芸人のお保です」

――竜之介は、浅草寺門前町の出合茶屋で手紙を書き、店の下男に頼んで薬研堀の近く加納屋敷に届けて貰った。

手紙を読んだ加納銅右衛門は、出合茶屋へ四名の家来を送り、さらに慶印寺近くの竜之介の隠れ家にいるお央を迎えるために、武家駕籠と八名の家来を送ったのである。

竜之介は町駕籠を二丁頼んで、お保とそれに乗った。

その町駕籠を、目立たぬように不即不離で四名の家来が護衛して来たのである……。

「保と申します」

お保は両手をついて、叩頭する。

「うむ。この屋敷におれば、何も心配することはないぞ」

銅右衛門は機嫌良く頷いて、

「お前と同じように竜之介様に助けられたお央という娘も、もうじき到着するであろう。二人で仲良く過ごすが良い」

竜之介は、暁月太夫の小屋を襲った山駆党の手口からして、隠れ家にお央とお保を匿い続けるのは難しい――と判断した。

それで、二人を加納屋敷に預かって貰うことにしたのである。隠れ家で番をしている松吉と久八にも手紙も書いて、武家駕籠で迎えに行く家来がそれを持参したのだった。

二人が読みやすいように、漢字を使わずに平仮名だけで書いた手紙である。

門前町の出合茶屋に家来を送って貰ったのも、軽業小屋での拉致に失敗した山駆党が、加納屋敷に来る途中で再度襲って来る心配があったからだ。

襲撃されたとしても、四人の家来にお保を守って貰えば、竜之介は存分に剣を振るうことが出来る……。

「そういえば、花梨…いや、りん姫を青山まで送って貰った礼もまだでしたな。ご造作をおかけした」

「また、そのように他人行儀な……」

直情的な熱血漢の銅右衛門は、苦笑した。

「そもそも、上様の姫君を御守りするのは、徳川の臣として当然のことです」

「……」

姫君とか上様とかいう言葉が出て来たので、お保は驚いたが、二人の会話の邪魔をせぬように、大人しく控えている。

「うむ……りん姫は、大人しく屋敷に入りましたかな」

「かなり気落ちされていたようなので、兄が、此度（こたび）の事件が決着したら竜之介様に目黒不動の縁日見物をおねだりされては如何（いかが）でしょう――と進言いたしました。姫様は、それを聞いて喜んでおられたようで」

兄とは、将軍家斉（いえなり）の側近・伊東長門守のことであった。

「左様か。では、縁日には必ず連れて行ってやりましょう」

悄気（しょげ）かえった花梨を想像して、竜之介は微笑する。目黒不動の縁日は、毎月の二十八日だ。

「まあ、青山の沢渡日々鬼（さわたりひびき）の屋敷ならば、周囲の屋敷は甲賀同心ばかり。姫様が外出しない限り、心配はありますまい」

「うむ……さすがに山駆党も、この期（ご）に及んでりん姫に手を出すことはないと思うが」

その時、竜之介は、ふと思いついたことがあった。

「銅右衛門殿――長門殿に、お願いしたいことがあるのだが」

「何なりと」

「目付に頼んで、旗本や御家人の中に、三人目の娘がいないかどうか、確認して欲しいのだ」

「え」これには、銅右衛門も驚いた。

「三人目が、武家の娘だと？」

「百万両の三人娘が、全て庶民とは限らない。久の字のつく名前で、年齢は十八、首の後ろに黒子のある娘はいないかどうか――」

「ふうむ……」

「現に、このお保もアンナン小僧という芸名で、駿河の出だった……南町奉行所は人別帳からお保とお久を捜しているが、少なくともお保は人別帳に載っていなかったのだから」

「わかりました。少しでも見こみのあることは、実行すべきです。山駆党や浪人組に先んじるためにも」

「頼みます。お央が無事に到着したのを見届けて、わしはお暇するので」

「ははあ……夕餉など一緒にと思ったのですが」

　残念そうな顔になる、銅右衛門だ。

「それは次の機会に。これから、知恵を借りに参りますので」

「知恵を借りに？」

加納銅右衛門は、不思議そうな表情になった。

「竜之介様……」

お保が不安げに、そっと竜之介の袂(たもと)を引いた。置き去りにされるのかと思ったのだろう。

「案ずるな」と竜之介。

「また、そなたたちの様子を見に来る。だが今は、日本一の物知り先生に会いに行かねばならんのだ――」

二

「ああ、なるほどな」

居間へ入って来た松平竜之介の顔を見なり、弟子田楼内(でしだろうない)は笑った。

「小半刻(こはんとき)ばかり前に、くしゃみが三度出た。誰かがわしの噂をしているに違いない――と思ったが、くしゃみの元は竜之介殿でしたか」

そこは本所横網町(よこあみちょう)――町医者である楼内の家である。

宵の口で、診察を終えた楼内は、湯豆腐で一杯やっているところだった。

「ははは。その通り、加納銅右衛門殿の屋敷で、先生の噂をしておりました」

「ほうほう……竜之介殿は、また何か大事件に巻きこまれましたかな」

「今度も、奇怪な事件でして――」

すぐに、下男の音松が酒肴の膳を用意する。

竜之介は酒を飲みながら、百万両事件の経緯を説明した。

「それはまた……牢屋奉行を脅迫するとは……とんでもない奴らだ」

竜之介は、懐紙に包んだ六角礫を楼内の前に置く。

「で、これを見ていただきたいのです」

「これが、山駆党と申す者どもの武器で。他に柄まで鉄製の鳶口を使います」

「ふうむ……」

しばらくの間、楼内は六角礫を眺めていたが、何か思い出したらしく、

「ちょっと、待っていただきたい」

硯を用意して墨を摺り、さらさらと紙に何かを描いた。

「その鉄の鳶口というのは、こんな形ではないのかな」

絵を見せられた竜之介は、頷いた。

「うむ、これです。鳶口の部分がやや平らになっているのが、そっくりです」

「やはり……これは釣子（ちょうし）と言って、佐渡金山で金穿大工（かなほり）が使っている道具だ」

「佐渡金山……」

「勿論（もちろん）、他の金山や銀山でも使われている。で、山駆党だが――」

中世では、金銀の鉱山というものは露天掘りが主であった。

鉱山師（やまし）が鉱脈が地表に露出している部分を発見すると、そこに大勢の人足が集まって来て、鉱脈を掘る。

その人足たちは、掘り出した鉱石を買い上げて貰えばいいだけで、領主に対する忠誠心などはない。

だから、採掘の穴がどんどん深くなって、労力に対して歩留（ぶど）まりが悪くなると、人足たちは、よその鉱山へ移ってしまう。

しかし、江戸時代の初期からは、幕府が大金を投じて坑道を整備し排水を行って、地下の奥深くまで採掘をするようになった。

地表の露天掘りで採れるものは、ほぼ取り尽くしたので、地下から掘り出すことになったわけだ。

「細かく言えば、鉱山人足にも色々な種類があるのだが、それはともかく……鉱山で働く者たちは、賑やかな城下町とも百姓地とも違って、山中で集団で働くので結束が強い。だから、横暴な領主や山主（やまぬし）たちに抵抗するために、自然と横の繋がりのようなものが生まれたのだな。たとえば、ある鉱山で罪を犯して罰せられそうになった人足を、よその領主の鉱山に逃がしてやるとか……」

そのような人足の互助組織は、しばしば争いの火種となったので、彼らも武装する必要があった。

なので、人足の中から体力の優れた者が、その役に就くようになり、やがて高度に専門化していった。

鉱山の道具である釣子を武器とし、やがて柄まで鉄製のものを造り、離れた敵には六角形の鉄礫を使うようになったのだ。

「それが、山駆党ですか」

「文字通り、山を駆ける者――つまり、鉱山忍者とでも呼ぶべき存在じゃ」

「…………」

竜之介は、石置場（いしおきば）での玄左（げんざ）の見事な動きを思い出していた。

「前の贋（にせ）小判事件の時も話したと思うが……わしは昔、田沼様の紹介状を持って佐渡金山へ見学に行ったことがある。そこで、古参の金穿大工に、山駆党の話を聞いたのだ。東照権現様が世の中を治める前には、そういう者たちが活躍していた――と」

この楼内――実は、本草学者で多芸多才な奇人であった平賀源内の、世を忍ぶ仮の姿である。

十代将軍家治に仕えた老中筆頭・田沼主殿頭意次に可愛がられて、薬草採取にかこつけて隠密のような役目も務めて来た。

しかし、酔って人を死なせてしまい、小伝馬町牢屋敷で牢死した――と云われている。

だが、源内は密かに牢を出て、名前を変えて生きていたのであった。

もはや、かなり高齢なのだが、これといった持病もなく、矍鑠としている。

「徳川の世となり、六十余州の主な金山銀山を公儀が直轄地にすると、人足は勝手な移動が出来なくなり、山駆党は次第に力を失って消えてしまったらしい……しかし、驚いたことに、今の世にも生きていたのだな」

「すると、山駆党が追い求める百万両というのは、何か金山に関わるものでしょうか」

「かも知れぬ」

「で――これが、その百万両の手がかりなのですが」

竜之介は、懐から取り出した二枚の紙を楼内に渡した。

横書きで「にえにる」「やさなう」と書かれている。

破華の直後に、お央とお保の下腹に浮かび上がった文字である。

同じ物を加納銅右衛門にも渡して、伊東長門守に渡してくれるように頼んである。

「ふうむ……」

しばらくの間、楼内は二枚の紙を色々と組み合わせていたが、

「わからん。全然、わからん……山駆党だけに通じる符丁かも知れぬな」

「すると、山駆党の者を生きたまま捕らえる必要がありますな」

「そうだな……」と楼内。

「しかし、乙女が男を識った後に下腹に浮かび上がり、そして砂が風に払われるように消えるとは……どのような仕組みなのか」

「初華彫りとは違うようでした。つまり、彫物ではないようです」

念のために、お央との二度目三度目の媾合の後も注意していたが、その文字が再び現れることはなかった――と竜之介は説明する。

「それから、手がかりかどうかわかりませんが……二人とも同じような護り袋を持っていました。中身は御札ではなく、増女と白式尉の古い面根付です」

「今、持ってはおられぬのか」

「はあ……」

竜之介は、少し困ったような顔つきになった。

「持って来て、先生にお見せしようと思ったのですが……危難に遭っている娘たちから護り袋を借り上げるというのは、少し酷いような気が致しまして」

「はっはっは」

楼内は膝を打って、面白そうに笑い声を立てた。

「その優しい気配り……それが、女たちが竜之介殿に惹かれて止まぬ理由ですな」

「これはどうも……」

竜之介は恐縮する。

そこへ下男の音松がやって来て、

「先生。なにか、ございましたか」

台所まで、笑い声が聞こえたらしい。

「いや、何でもない。済まんが、新しい徳利を頼む」

「はい、はい」

音松は、引っこんだ。

「――ところで、竜之介殿」

楼内は、真面目な顔になった。

「そのお駒という女を餌にした浪人組だが……」

「それです。山駆党とは敵対しているようですが、正体がわかりません。しかし、百万両を捜すためには三人の娘が必要なこと等を知っている……」

「そうだな、今、考えられるとしたら――」

人差し指の先で、楼内は額を叩いて、

「仲間割れ……つまり、山駆党から離れた奴が、浪人を集めて、百万両を横取りしようとしているのではないかな」

「それはありえますすな」

「二組の悪党に狙われて、竜之介殿も大変だな。さあ、飲んでくれ――」

楼内は徳利を手にした。

三

三縁山増上寺は、東叡山寛永寺とともに将軍家の菩提寺として知られている。

昔は麹町にあり、慶長十三年に芝に移転した。

寺域は二十五万坪、そこに様々な寺院や学寮がある。

当然のことながら、その麓の町屋には、寺院に関係した店が多くあった。

七軒町にある仏具商〈高本屋〉も、その一つであった。

数珠・燭台・香炉から仏壇まで様々な仏具を扱っており、「良い物を揃えている」と旗本や大名家の客も多かった。

しかも、「不幸は何時あるかわからないから」という主人の方針で、夜でも大戸は店の片側しか下ろさず、夜中でも戸を叩いてくれれば対応するという親切さであった。

戌の上刻——午後八時過ぎ、居酒屋や料理茶屋以外の店は、みんな戸を閉めている時刻である。

片側だけ開いている高本屋の土間に、音もなく入って来た者があった。

中年の浪人者である。総髪で袴姿だが、垢じみたところはない。

土間にいた丁稚小僧が、「いらっしゃいまし」と声をかけると、その浪人者は店の中をゆっくりと見まわして、

「治郎助に聞いてきたのだが——」

低い声で言った。

帳場にいた番頭の勘兵衛は、それを聞いてさっと立ち上がり、

「お出でなさいまし——どうぞ、こちらへ」

草履を履いた勘兵衛は、売場の脇の通路を案内して、奥の庭へ行く。

灯のともった石灯籠の脇を通って、離れ座敷の六畳間に浪人者を通した。

右隣に、続きの間がある。襖を払うと、十二畳の座敷として使えるのだ。

「こちらではなく、向島の寮の方に来ていただくと良かったのですが」

「そうだったのか。俺が、治郎助の言うことを聞き誤ったかな……すまんな」

浪人者は、軽く頭を下げた。

「主人が参りますまで、しばらくお待ちを」

「わかった」

大刀を右脇に置いた浪人者は、腕組みをして目を閉じる。勘兵衛は退がった。

さして待つほどのこともなく、渡り廊下を近づいている足音があった。

浪人者は目を開く。

「——お待たせしました」

座敷に入ってきたのは銀髪の痩せた商人で、上座に腰を下ろす。

「わたくしが高本屋の主人、鉢右衛門でございます」

「俺は南雲重三郎（なぐもじゅうざぶろう）という。見知りおいてくれ」

そう言ってから、南雲浪人は、じろりと右の襖を見て、

「見事な鶴の襖絵だな。蹴り倒して破ってしまうのは、勿体（もったい）なかろう」

「ほほう……」

鉢右衛門は微笑した。

「藤尾さん——こちらの御方（おかた）は、お見通しのようだ」

すると、襖がさっと開かれる。

そこに立っていたのは、手鑓（てやり）を持った浪人者であった。

お駒という年増女（としまおんな）に松平竜之介を誘惑させて、縁の下から手鑓で突き殺そうとした奴である。

「腕試しをさせて貰うぞっ」

手鑓を構えて、藤尾厳之輔（げんのすけ）は言った。

「ご随意（ずいい）に」

座したままで、南雲浪人は薄く笑う。

「えいっ」

気合と共に、藤尾浪人は手鑓を突き出した。

躯（からだ）を捻（ひね）って穂先をかわすと、南雲浪人は左手で螻蛄首（けらくび）を掴んだ。

ほぼ同時に、右手で大刀の鞘（さや）を掴み、それで相手の足を払う。

「わっ」

藤尾浪人は、臀餅（しりもち）をついた。そして、手鑓は南雲浪人に奪われている。

大刀を置いて、片膝を立てた南雲浪人は、くるりと回した手鑓の先端を藤尾浪人の喉元に突きつけた。

「う……敗（ま）けた、俺の敗けだっ」

藤尾浪人は、呻（うめ）くように言う。

「――――」

無言で手鑓を反転させると、南雲浪人はそれを藤尾浪人に返してやった。

そして、座り直す。息も乱してはいない。

「お見事」

鉢右衛門は頷いた。

「雇いましょう——まず、手付けは二十両」

「手付けは、それで良い」

南雲浪人は襟元を直しながら、

「だが、相手がどういう奴か、聞かせて貰おう」

「そうですな。名は、松浦竜之介。阿部川町に住む若い浪人者です」

「強いのか」

「強いです、非常に」

鉢右衛門は、隣の座敷に座っている藤尾浪人に目をやる。

「わたくしの妾の一人を餌にして、この藤尾さんを含めて三人で始末しようとしたのですが、全く歯が立たなかったそうで」

「面目ない……」

藤尾浪人は目を伏せた。

「その妾はどうなった」

「藤尾さんが口封じしてくれました。なので、松浦にも町方にも、こちらの正体は発覚てはいません」

鉢右衛門は淡々とした口調で、説明を続ける。

「わたくしは、向島の寮に五人の浪人さんを置いていますが、その五人がかりでも松浦竜之介は倒せそうにありません。それに――別の敵もおります」

「別の敵とは」

「山駆党という盗人同然の奴らで……ただし、こいつらも手強いです。鉄鳶口と六角形の鉄礫を武器にしている、忍術使いのような奴らで」

「ふうむ……」

「それで、新たに腕の立つ浪人さんを集めようと、早耳屋の治郎助に頼んだわけです」

「つまり――」と南雲浪人は言う。

「高本屋殿は、松浦竜之介と山駆党という二つの敵を相手にしているわけだな」

「左様です」

「敵対している理由は？」

「ふ、ふ」

高本屋は唇を歪めて、

「大した理由ではございません……百万両の取り合いです」

「百万両とはまた、話が大きいな」

さすがに、南雲浪人は眉をひそめた。

「法螺話ではございませんよ。その百万両というのは――」

高本屋鉢右衛門の眼に、冷たい炎が宿った。

「間違いなく、わたくしが受け取るべきものでしてね」

四

翌日の朝――深川の東、砂村新田の道を三人の男が歩いている。

早耳屋の干支吉と香具師の留蔵、その乾分の儀八だ。

「おい。まだか、えて吉」

うんざりした顔で、留蔵が訊く。

見渡す限り田畑と森だけで人家も見えない。

「この辺りのはずなんですがねえ……お、あれですよ」

干支吉が指さす先に、土塀に囲まれた寺があった。

しかし、その土塀は崩れかかっているし、本堂の屋根も傾いている。廃寺であった。

境内の参道は石畳も割れて、その割れ目から草が生えている。

今日は曇りで灰色の雲が低くたれこめ、真昼だというのに何となく薄暗い。

石灯籠（いしどうろう）は笠がなくなり、端が欠けていた。

「ごめんなさいまし――」

干支吉は、本堂を覗きこんだ。

本尊はなく、台座だけが残っている。無住（むじゅう）になる前に住職が処分したのか、誰かが盗み出したのか……。

「おかしいな。ここだと聞いたんだが」

「こんな化物寺（ばけものでら）に、本当に死客人（しかくにん）が住んでるのかよ」

留蔵が気味悪そうに、本堂を眺める。

「――住んではおらぬ」

突然、声がした。

「わっ」

儀八が、飛び上がりそうなほど驚く。

いつの間にか、三人の背後に、黒ずくめの小柄な男が立っている。

顔にも黒の覆面を被っているので、人相はわからない。

「だが、連絡場所はここにしている――」

今度は、右側から声がした。

そこにも、長身瘦軀の黒ずくめの男が立っていた。

「ええと……三鬼衆の方で」

干支吉が、恐る恐る訊くと、

「その通り――我らは三鬼衆と呼ばれている」

後ろから声がした。

つまり、三人の左側である。そこにも、肩幅の広い黒ずくめの男がいた。

「俺は刺鬼」

最初の男が名乗った。

「俺の名は、斬鬼」

第二の男が言う。

「そして、俺が砕鬼だ」

第三の男が言った。

三人とも、氷のように酷薄な雰囲気であった。

「あっしは……早耳屋の干支吉と申します」

干支吉は、三人に順繰りに頭を下げる。

「こちらは根岸の元締で……」

「留蔵と申しますんで」

小腰を屈めて、留蔵は頭を下げた。

「この野郎は、乾分の儀八です」

「ど、どうも……」

あわてて、儀八は頭を下げる。

「町方の犬ではなさそうだな」

小柄な刺鬼が言った。

「俺たちに殺しの依頼か」

瘦身の斬鬼が訊く。

「その通りです、旦那方」

三人に等分に頭を下げながら、干支吉は言った。

「一人五十両で、三人で百五十両――それだけ払えば、たとえ公方でも殺してやる」

砕鬼が言った。

「それは存じております。ですが……実は、前金百両でご勘弁いただけないか、と」

「今、何と言ったっ」

刺鬼が、懐（ふところ）から鉄の棒を取り出した。

そいつを、さっと干支吉の方へ振る。

すると、しゅるるる……っと何段にも伸びた先端が、干支吉の喉元まで迫った。

直径の異なる鉄筒（てつづつ）を幾つも重ねた、伸縮自在の刺殺武器〈蠍牙（かつが）〉なのである。

「ひっ」

干支吉は腰を抜かして、臀餅（しりもち）をついた。

「元締、早くあれをっ」

「わ、わかった」

留蔵は膨らんだ懐から、ずるずると風呂敷包みを引っぱり出した。

その中身を、本堂の昇降段（きざはし）の上に置く。四包みの小判であった。

一つの包みが二十五両だから、全部で百両である。

「旦那方、聞いてくれっ」

必死の口調で、留蔵は言った。

「実は、百万両の大仕事なんだ。百万両といえば千両箱で千個、運ぶだけでも人足を大勢雇わなきゃいけねえ。金が、かかるんだ。だから、とりあえず、手付けとして百両を渡す。そして、百万両が見つかったら、分け前として十万両を渡すということで、納得しちゃ貰えまいか」

「…………」

刺鬼、斬鬼、砕鬼の三人は、無言で互いの目を覗きこんだ。

そして、刺鬼と斬鬼が頷く。砕鬼も頷いた。

「――いいだろう、前金百両は承知した」

頭格（かしらかく）の砕鬼が言った。

「そりゃどうも」

留蔵は、ほっとした表情になる。

「ただし――」と砕鬼。

「百万両が手に入ったら、分け前として二十万両を貰う。これで、いいだろうな」

「に、二十万両……そいつは無茶だ」

泣きそうな顔になる留蔵だ。

「俺たちに二十万両を渡しても、八十万両が残る。一生、使い切れまい」

「そりゃそうですが……」

「それが呑めなければ、この話は終わりだ。命だけは助けてやるから、さっさと帰れ」

砕鬼は、冷たく言い放つ。

「だ、旦那方……」と干支吉。

「この儲け話を持ちこんだのは、あっしですが……元締に十万両の駄賃を請求して、前金無しの五千両に値切られました」

「だから？」

「ここは、十万両と二十万両の間をとって――十五万両で如何でしょう。お一人、五万両ですぜ」

「ふうむ……」

砕鬼は少し考えてから、

「よかろう。前金百両、後金十五万両で手を打とう」

「あ、有り難うございますっ」

腰を二つに折って、留蔵は礼を言った。

「だが、もしも約定を違えるようなことがあれば――」

砕鬼は、笠の無い石灯籠に近づいて、

「お前たち、こうなると思え」

拳で一撃した。

石灯籠が割れて、崩れ落ちた。とてつもない正拳の破壊力である。

「………」

留蔵、儀八、干支吉の三人は、唖然としてしまう。

「さて――」砕鬼は言った。

「その百万両の由来を、詳しく話して貰おうか。そして、俺たちが始末する相手のこともな」

第七章　凶剣（きょうけん）と死神

一

「旦那、こちらへ戻られたんですね」

その日の夕方――浅草阿部川町のお新の家に早耳屋（はやみみや）の寅松（とらまつ）が上がって、居間へやって来た。

「寅松か――」

居間の床柱によりかかり、例の四文字を書いた二枚の紙を眺めていた松平竜之介（たつのすけ）は、顔を上げた。

「久八（きゅうはち）さんに聞きましたよ、二番目の娘も見つかったそうで」

「うむ……お保（やす）は、お央（なか）と一緒に銅右衛門（どうえもん）殿の屋敷へ預けてある。長門殿の屋敷から、新たに十名の家来が警護の加勢に来たそうだから、まず、心配はあるまい」

「なるほどねえ」

寅松は、小まめに茶の支度をしながら、

「でも、どんなに安全でも旦那と一緒じゃなきゃ寂しいでしょう、二人とも」

「それはわかっているのだが……奥山の軽業小屋で、大勢の客のいる前でお保を掠おうとした斑忍者の荒っぽい遣り方を見るとな。やはり、警護は厳重でないと」

そして、竜之介は昨夜、弟子田楼内から聞いた話を教えてやる。

「へへえ、斑忍者は山駆党というんですか――どうぞ」

竜之介は、寅松の煎れてくれた茶を一口飲んで、

「すまんな」

「これを見てくれ」

二枚の紙を寅松に渡した。

「ははあ……これが謎の四文字呪文ですか」

寅松も、しばらくの間、ひねくり回していたが、

「わからねえ。どうやっても解けませんや」

それを竜之介に返した。

「楼内先生は、山駆党にだけ通じる符丁(ふちょう)ではないか——と言われた」

そう言いながら、竜之介は二枚の紙を折りたたんで、懐(ふところ)に納める。

「ああ、なるほど」

「だから、わしはこの家に帰って来たのだ」

「まさか、ここで山駆党が襲って来るのを待っている——と？」

寅松は驚いた。

「そうだ。今度こそ一人でも手捕(てど)りにして、この呪文の意味を吐かせる。そうしなければ、お央とお保が安らかに暮らすことが出来ぬ」

「来ますか、奴らは」

「来る、必ず来る。二度も娘たちを掠う邪魔をしたわしを、殺さずにはおくまい」

竜之介は茶を飲み干して、

「寅松、わしが心配しているのはな。万が一にも、お央とお保が山駆党に掠われた時のことだ」

「へい……」

「奴らは、娘たちの破華の時に呪文が現れることは知っているだろう。だが、すでに二人とも生娘(きむすめ)でないとわかっても、再び呪文が現れることを期待して、何度も凌辱(りょうじょく)するに違いない……それでは悲惨すぎる」

「旦那の仰(おっしゃ)る通りで」

「あの二人の娘には、何の罪科(つみとが)もない。だから、一刻も早く呪文の謎を解いて山駆党を壊滅させ、事件を終わらせねばならぬ」

「あっしも及ばずながら、手助けをさせていただきます」

寅松は頭を下げた。

「む……」

急に、竜之介の顔が緊張する。

傍(かたわ)らの大刀を摑んで、周囲をゆっくりと見まわす。

「な、なにか……」

「殺気だ」

竜之介は立ち上がった。

「ここから出るなよ、寅松」

竜之介は庭の草履(ぞうり)を引っかけると、枝折(しお)り戸(ど)を開いて、裏の通りに出た。

陽は落ちかけている。

裏の通りに、編笠を被った浪人者が立っていた。

「殺気を放っていたのは、その方か」

「――貴公、松浦竜之介だな」

「山駆党ではないようだが……お駒を囮にした浪人組の者か」

「まあな。俺は、南雲重三郎という。少し付き合って貰いたい」

そう言って、先に立って歩き出した。

二

通りの先に、雑草に覆われた百坪ほど空地がある。

前にあった古い家が取り壊されて更地になったが、買い手がなくてそのままになっている土地だ。

三方を板塀に囲まれて、柿の木が一本生えている。

その空地へ、南雲重三郎は入ってゆく。松平竜之介も、それに続いた。

南雲浪人は立ち止まって振り向くと、編笠を取って脇に置いた。

「貴公は、二人の娘を手に入れたそうだな。女になった時にその下腹に浮かんだ四文字を、教えてくれんか」

「そのことを、誰に聞いた」

「雇い主にだ。だが、雇い主の名は明かせぬ」

「仲間であるお駒を口封じのために殺すような者どもに、教えることは出来んな」

「そうか……」

南雲浪人は軽く溜息をついて、

「では、一汗かかねばならんようだな」

「――――」

竜之介は、肩越しに背後を見た。

二人の浪人者が、空地に入って来る。片方は髭面で、もう一人は額に傷があった。

正面に南雲重三郎、右後ろに髭面浪人、左後ろに額傷の浪人という位置になる。

「おい、斬るなよ――」

南雲浪人が、抜刀しながら言った。

「生きたまま連れ帰り、責め問いで吐かせねばならん」

そう言って、刀の峰を返す。

後ろの二人も無言で刀を抜いて、峰を返した。

「峰打ちで、わしを倒そうというわけか……」

竜之介は抜いた。そして、峰を返す。

「付き合いのいい奴だ」

南雲浪人は薄く笑った。

そして、二人の浪人に目で合図をしてから、ぱっと飛び出した。

瞬時に間合をつめて、竜之介の左肩めがけて大刀の峰を振り下ろす。

その一撃をまともにくらったら、鎖骨と肩甲骨を砕かれ、肋骨まで折れていただろう。

が、竜之介は、南雲浪人の剣を左へ払った。

そのまま左足を引いて振り向き、背後から打ちかかった二人の剣を、目にも止まらぬ速さで右へ左へ弾き飛ばす。

さらに、態勢を立て直した南雲浪人の頭の天辺に、大刀を振り下ろした。

「おおっ」

とっさに、南雲浪人は斜めに跳び退がった。

「早く剣を拾えっ」

二人を鋭く叱咤してから、

「やるな、貴公……予想以上の腕前だ」

南雲浪人は歯を剥いた。野獣のように猛々しい表情になっている。

「峰打ちなどと考えた俺が、甘かったようだ……」

右八双に構えた剣を、半回転させた。

「とりあえず、右腕を斬り落とせば大人しくなるだろう」

「斬り落とせるかな」

竜之介も剣を半回転させて、正眼に構えた。

「…………」

「…………」

弾き飛ばされた剣を拾った二人の浪人は、再び竜之介の後方に位置する。

しかし、髭面も額傷も明らかに動揺していた。竜之介の実力を知って、浮き足立っている。

それを見てとった南雲浪人は、かっとなった。

「闘う気のない者は去れ、目障（めざわ）りだっ」

怒鳴りつけられて、二人は反射的に逃げ出した。空地から飛び出そうとする。

だが、

「ぎゃっ」

「げっ」

二人は濁った悲鳴を上げて、地面に叩きつけられた。

その額や後頭部に、数個の六角礫（ろっかくつぶて）がくいこんでいる。

鉄礫に頭蓋骨（ずがいこつ）を割られ、脳まで破壊されているようだ。ほぼ、即死であろう。

「山駆党かっ」

南雲浪人は身を屈（かが）めて走り、編笠を拾い上げた。

竜之介は素早く、柿の木の陰に身を隠す。

三方の板塀（いたべい）の上に、斑装束（まだらしょうぞく）の山駆党は立っていた。その数は六人。

そいつらは、竜之介と南雲浪人に向かって、六角礫を放つ。

「むっ」

竜之介は木の幹を盾（たて）にして、六角礫を弾き落とした。

南雲浪人は編笠で受け止めながら、東の板塀に駆け寄る。

鉄礫が編笠を貫通しないのは、内側に鎖帷子(くさりかたびら)を縫いつけて補強しているからであった。

南雲浪人が、板塀に体当たりすると、

「おぉっ」

「わっ」

山駆党の二人は態勢を崩して、落ちて来た。

南雲浪人が、その二人を斬り倒す。

それを見た残りの四人は、板塀から飛び下りた。

鉄鳶口(てつとびぐち)を構えて、二人が南雲浪人に、別の二人が竜之介に立ち向かう。

「邪魔をしおってっ」

南雲浪人は、鉄鳶口を払い飛ばして、そいつを斬り伏せた。

もう一人は、ぱっと後ろに跳び退がる。

その時、竜之介は、山駆党の一人の右腕を峰打ちで叩き折っていた。

「ぎゃっ」

悲鳴を上げて、そいつは後退(あとじさ)る。

もう一人が舌打ちをして、

「まずいぞ、退(ひ)けっ」

　さっと左手を振った。そして、三人で空地から逃走する。

「待てっ」

　竜之介は、それを追った。

　南雲浪人はそれを追おとしたが、

「いや、今日のところは失敗だな」

　血振(ちぶり)して納刀する。

　深追いしたら、山駆党の待ち伏せがあるかも知れん——と南雲浪人は思ったのだ。

「どうやら、楽に稼がせてはくれぬようだ……」

三

　襲撃して来た六人の山駆党のうちの三人は、南雲重三郎が斬って捨てた。

　そして、骨折した一人を含む三人が、夕闇に覆われつつある裏通りを疾走していた。

納刀した松浦竜之介は、その三人を追っている。

(右腕を折られた奴は、速力が落ちるだろうから、捕らえられそうだ……)

一人でも山駆党を捕虜に出来れば、呪文(じゅもん)の謎が解けるかも知れないし、百万両について詳しい情報も得られるだろう。

その時、前方の横の路地から女が出て来た。

出会い頭(がしら)にぶつかりそうになった先頭の山駆党が、

「のけっ」

鉄鷲口を、その女に叩きつけた。

「きゃあっ」

蛽髷(ばいまげ)の女は、地面に倒れ伏す。

山駆党の三人は、そのまま走り去った。

「これ、しっかりしろ」

竜之介は、女を抱き起こす。着物の左肩が斬り裂かれて、血が滲(にじ)んでいた。

追跡を続けて山駆党を捕らえたいが、負傷した女を見殺しには出来ない。

出血の量は、まだ多くなかった。

竜之介は手拭いを出して、その斬り口を縛(しば)りながら、

「気をしっかり持つのだ。今、医者のところへ連れて行くからな」

「あら……竜之介様？」

見ると、それは女懐中師の見返りお北であった。

一昨日の夜――香具師の留蔵たちに輪姦されかかったところを、お北は、通りかかった竜之介に助けられた。

それから、出合茶屋の一室で竜之介の巨根で貫かれ、お北は悶え狂ったのである。

「何だ、そなただったのか」

「嬉しい……阿部川町が住居だと聞いたから、昨日、家を訪ねたのよ。そしたら、変な婆さんが出て来て、竜之介様は留守だからって追い返されるし……あたし、悲しかったわ。でも、今日は帰っているかも知れないと思って……ようやく会えたっ」

そう言って、女懐中師は竜之介に抱きついたが、

「痛っ、痛い……」

さすがに、顔をしかめてしまう。

「怪我をしているのだ、無茶はするな」

竜之介は、静かにお北を立たせた。

「倒れた時に、頭を打ってはいないか」

「それは大丈夫みたい」

「よし。とにかく、外科の医者を捜して手当して貰おう」

「あいつら……斑装束の男たち、何者なの？」

「山駆党という悪党だ」

そう答えると、竜之介は、お北を支えて歩き出した。

「これこれ、そんなにしな垂れかかっては、歩きにくいではないか」

「だってぇ……うふふ」

自分が怪我していることも忘れて、甘えてしまうお北であった。

四

「しくじったな」

「うむ。松浦竜之介もあの浪人者も、思った以上に手強い」

山駆党の呂久目と賀火薮は、右腕を骨折した騎木輪の手当をしながら言う。お北に鉄鳶口を振るったのは、呂久目だ。

「うっ」

添木を固定するために晒し布をきつく巻かれて、騎木輪は呻いた。

三人は、東叡山寛永寺の中の林の奥にいる。

「今度は、もっと人数を増やして…」

呂久目がそう言いかけた時、

「——今度があるかな」

いきなり、闇の中から声がした。

「誰だっ」

三人は、あわてて鉄鳶口を構える。

林の奥から、黒ずくめの小柄な男が姿を現した。蓬髪で、死神のように陰惨な顔つきをしている。

「何者だ、貴様はっ」

呂久目が、その小男に対峙した。

「俺は刺鬼——三鬼衆の刺鬼という」

「三鬼衆……？」

「死客人（しかくにん）といって、金を貰って人を冥土（めいど）へ送る稼業をしている」

刺鬼は、懐（ふところ）に右手を入れながら、

「今は——お前らを冥土へ送るために来た」

「何だと……貴様が地獄へ堕（お）ちろっ」

激怒した呂久目は、鉄鳶口を振り下ろした。

が、それよりも早く、刺鬼は棒状の武器を抜き出して、振っていた。

長く伸びた先端が、呂久目の喉を貫く。

「ぐ……？」

呂久目の動きが停止した。

「どんな生きものでも、喉首は急所だわな」

そう言って、刺鬼は、右腕を逆に振る。伸びていた先端が、彼の方へ戻って来た。

喉に開いた穴から鮮血を噴き出しながら、呂久目は仰向（あおむ）けに倒れる。

「これが俺の得物（えもの）——蠍牙（かつが）だ」

刺鬼は、残った二人を見て、

「さて、どっちが先に死にたい？」

「貴様が死ねっ」

賀火薮は、五個の六角礫を続け様に投げつける。

しかし、刺鬼は、その鉄礫を悉く叩き落とした。

薄闇の中でも、飛来する鉄礫を見逃さなかったのだ。

「ぬるい……忍者とは、こんなに弱いものなのか」

呟くように言って、刺鬼は、伸縮自在の蠍牙を振る。

伸びた先端が、賀火薮の右眼を貫いて、頭の後ろから飛び出した。

「あ……」

一瞬で脳を破壊された賀火薮は、そのまま横向きに倒れる。すでに、絶命していた。

「ひっ」

残った騎木輪は、身を翻して逃げだそうとした。

が、蠍牙の先端が、その左足を貫くと、ぶざまに倒れる。

「忍者のくせに、仲間を殺されて自分だけ逃げ出すのか」

ひゅっと蠍牙を縮めて、刺鬼が言う。

「たとえ手足が動かなくなっても、刃物を咥えて敵に飛びかかるのが、忍者ではないのか」

「ま、待てっ」

騎木輪は左手で制して、叫んだ。

「知りたいことは、何でも喋る。だから、命だけは助けてくれっ」

「…………」

「俺は死にたくないんだっ」

「折れた腕の手当をしてくれた仲間の仇討ちをしたいとは、思わんのか」

近づきながら、刺鬼は問う。

「あ、仇討ちよりも、自分の命が惜しい……頼む、何でも答えるからっ」

「知りたいことは——ないっ」

刺鬼は、蠍牙を振るった。

その先端が、騎木輪の左胸に突き刺さる。

「あ…………」

騎木輪は、硬直したようになった。

「心の臓に少しだけ、刺さっている」と刺鬼。

「動くと、心の臓が裂けて、胸の中が血の海になるぞ」

「う、うう……」

逃げることも動くこともならず、騎木輪は蒼白になった。その額は脂汗で、べっとりと濡れている。

「己れが死ぬ恐怖を充分に味わったかな……では、冥土へゆけっ」

刺鬼は、蠍牙を押し出した。

騎木輪の心臓が、鉄の先端に貫かれる。

「ひぅ……」

奇妙な声を洩らして、騎木輪は前のめりに倒れた。

「はてさて……五万両の仕事にしては、手応えのない奴らだ」

蠍牙を縮めた刺鬼は、それを懐にしまう。

「松浦竜之介という奴は――もう少し強いと良いなあ」

五

仁王立ちになった松平竜之介の前に、お北は跪いている。

「ああ……これが欲しかったのよ……」

若竹色の着物の前を開いて、お北は下帯の脇から男根を右手で摑み出し、それを舐めしゃぶっているのだった。

唾液に濡れた竜之介の男根は、天狗面の鼻のように反りかえり、脈動している。

「このにおい……この硬さ……太くて長くて……男そのものだわ」

そこは――下谷の甘味処の二階、その四畳半の座敷である。

あれから――竜之介は外科の医者を見つけて、お北の傷の手当を頼んだ。

そして、お北が治療を受けている間に、その家の下女に金を渡して、古着屋で小袖と肌襦袢を買ってきて貰った。

元の小袖と肌襦袢は、山駆党の鉄鳶口で引き裂かれ血で汚れていたから、着替えが必要だったのである。

お北は、傷口を三針縫って膏薬を塗った紙を貼り、晒し布を巻いて貰った。

そのお北に、用意した亀甲柄の小袖と肌襦袢を着せて、竜之介は町駕籠で家まで送ろうとした。

すると、お北は、「いやよ、いや。今すぐ抱いてくれなきゃ、帰らない」と駄々をこねたのである。

仕方なく、竜之介は、女懐中師を連れて近くの甘味処へ入った。

甘味処の二階座敷は、しばしば、男女の密会に利用されるのである。

そして、注文した善哉が来るや否や、それに箸もつけずに、お北は竜之介の股間に顔を埋めたというわけだ……。

「お北、あまり興奮すると傷に響くぞ」

持て余し気味に竜之介が言うと、

「大丈夫ですよ……左手は使ってませんから」

口唇奉仕を止めずに、お北が言う。

左腕が動いて傷口に障らないように、首から吊っているのだった。

「それに……んん…竜之介様の立派なものをしゃぶってたら、傷の痛みを忘れられるもの」

「そういうものかな」と竜之介。

「だが、怪我はしても命に別状がなくて良かった……そなたが鉄鳶口で一撃されて倒れた時には、血の気が引いたぞ」

「そんなあ……竜之介様が悪いんじゃない、山駆党とかいう奴らのせいじゃありませんか」

お北は、巨根の根元に下がる玉袋を、ちろちろと舐めながら言った。

「しかし、わしがあの者どもを追いかけている最中に、起こったことだからな。それなりの責任がある」

「ふ、ふ、ふ」

顔を上げて、お北は笑う。

「何か、おかしかったか」

「竜之介様は、生まれつきの女誑しなのね」

「おいおい、何の話だ」

「そうやって、ごく自然に女に優しくして、しかも女を大事に守ってくれる……これで惚れない女はいませんよ」

「そういうものかな……」

松平竜之介は、女の扱いに関しては他人には言えぬ過去の恥がある。

今は愛妻の一人になっている桜姫との初夜に不能となってしまい、「塩なめくじ」と罵られたことだ。

それで落ちこんだ竜之介は、城を抜け出し江戸を目指しながら女体修業した。

その経験が、結果として今の三人妻との甘く幸福な暮らしに繋がっているのだから、運命というものは実に奇妙で不可解である。

「もう我慢できない。早く挿れて……」

巨根に頰ずりしながら、お北は言う。

「竜之介様のぶっといお珍々で、淫らなあたしを犯してくださいな」

明け透けな表現で、挿入を哀願した。

「では、そなたの軀に障りのないように、いたそう――」

竜之介は座りこんで、胡座をかいた。

そして、着物の前を開いたお北に、膝を跨がせる。

天を指して直立する巨根に向かって、お北が、そろそろと腰を下ろした。

つまり、着衣のままの対面座位である。

濡れそぼった紅色の秘唇に、ずぶずぶと巨大な肉の鉾が侵入する。

「お……ああ……凄い、真下から貫かれてるっ」

右腕だけを竜之介に首に回して、お北は喘いだ。

「ゆっくり動くからな」

両手で丸く柔らかい臀肉を摑んだ竜之介は、緩やかに腰を使った。

お北の治療を待つ間に、竜之介は使い屋に頼んで、家で心配しているであろう

寅松に、経緯を説明した手紙を届けて貰っている。

だから、帰りが遅くなるのは良いとしても、竜之介としては、女と戯れている場合ではないのだ。

早く第三の娘を捜し出して、この事件を幕引きし、青山の愛妻御殿に戻りたい。花梨誘拐のことで、お新・桜姫・志乃の三人も心配しているだろうし、花梨も元気づけてやりたかった。

しかし、江戸を騒がす凶悪な山駆党や浪人組を成敗することは、隠密剣豪である松平竜之介の使命である。

（つらいものだな、この立場は……）

そんなことを考えながらも、竜之介は、的確にお北の急所を責めていた。

「駄目、駄目っ……死んでしまうぅっ」

お北の快楽曲線が、急激に上昇する。

竜之介はそれに合わせて、剛根で突き上げる勢いを増した。

ついにお北が手足を突っ張って、肉襞を痙攣させる。

竜之介は放った。怒濤のような熱い聖液が、女体の奥の院を真下から直撃する。

しばらくの間、竜之介は、快楽の余韻を味わう。

朦朧としていた意識が、ようやく明確になったお北は、

「竜之介様、腰が蕩けそう……」

甘い声で言って、竜之介に接吻する。

「あたし、お北なんて冬の空っ風みたいな名前だから、男に抱かれても冷たいままで何も感じないのかと思ってた……でも、本当の男に抱かれたら、こんなに熱く燃えるのね……」

「名前というのは、悪くとったら、きりがない。どの親も、子の幸せを願って命名するのだからな」

「ええ……でも、御父つぁんは最初は、お久にしようと思ったんですって。でも、御母さんが、お北の方が良いって言って……おひさとおきた、語呂も同じね」

「お北――」

竜之介は、硬い表情になっていた。

「そなた、この前は二十三だと言っていたな」

「ええ、厄を四年前に済ませましたからね。大厄まで、あと十年……」

「念のために、首の後ろを見せてくれ」

「え……いいですけど」

結合したままで、竜之介は右から左から、お北の首の後ろを入念に観察したが、黒子は見つからなかった。

「どうかしたんですか、竜之介様」

「いや……わしが考えすぎたようだ」

苦笑する竜之介であった。

「実は今、お久という首の後ろに黒子のある娘を捜していてな。年齢は十八のはずだから、まあ、違うに決まっているのだが」

ところが、今度は、お北が考えこむ表情になって、

「お久という名で十八、首に黒子……竜之介様。あたし、その娘に心当たりがあるかも知れません」

「何だとっ」

竜之介は驚いた。

その屋敷は、浅草の橋場町の石浜川の河口にあった。

かつて寛永銭が鋳造されていた場所なので、この土地の俗称を銭座という。

以前は旗本の別宅だったが、何か問題を起こして改易になったらしく、そのまま空き屋敷となった。

広い庭の池に、石浜川から水を引きこんであり、舟で出入りできる。

今は無人のはずなのに、その池には猪牙舟と屋根船が浮かんでいた。

実は――南町奉行所の者たちが血眼で捜している山駆党の隠れ家が、この空き屋敷なのである。

剣術道場には、山駆党の頭である玄左が座っていた。目を閉じ、腕組みをしている。

燭台の太い蠟燭が、じじじ……と音を立てて燃えていた。その周囲を、大きな蛾が飛び回っている。

(呂久目たち六名……帰りが遅い。まさか、六人がかりでも松浦竜之介を手捕りに出来なかったのか……)

怪我をさせて捕まえ、二人の娘の呪文を吐かせるという策だったのだが――。

「党領――津無裡です」

道場の入口で、声がした。

「入れ」

玄左がそう言うと、入って来た若者が、彼の前に両手をつく。

「様子を見に行った者から、報告がありました――浅草の空地で三人、寛永寺の林の中で三人、倒されていたそうです」

「むむ……」

目を開いた玄左は、さっと右手を振った。

六角礫が飛んで、蛾の右側の羽根が切断される。

片羽根になった蛾は、蠟燭の炎の中に落ちて、火がついた。床に落ちて、ばたばたしながら生きたまま燃えてしまう。

玄左は、怒りに両眼を光らせて、

「松浦竜之介め……許さぬっ」

第八章　乙女の涙

一

女中と中間を連れた武家娘が、掛け茶屋の縁台に座った。

「いらっしゃいまし」

奥から老婆が出て来ると、中年の女中が茶を注文する。

松平竜之介が浪人組の南雲重三郎と対決した日から三日後の午後——そこは、牛込の神楽坂にある鎮護山善国寺の境内であった。

善国寺は、寛政五年に麹町から神楽坂へ移転した。

本尊は、関白二条昭実より送られたという毘沙門天である。芝の正伝寺、浅草の正法寺と並んで、〈江戸三毘沙門天〉と呼ばれていた。

境内はさほど広くないが、〈神楽坂の毘沙門天様〉として、庶民にも武家にも人気があった。

門から入って正面に本堂、右手に庫裡、左側に金比羅堂がある。

その茶屋は、本堂と金比羅堂の間にあった。

武家娘が、店の老婆を目で呼んで、

「お手水は――」

小声で、白髪の耳元に囁いた。

この場合の手水とは、参拝前に手を浄める場所ではなく、後架のことである。

「はい、右の奥にございます」

心得ている老婆も、小声で答えた。

武家娘は立ち上がると、

「付いて来なくても、良い。お前たちは、お団子でも食べていなさい」

腰を浮かせた女中に言った。

「はい――」

女中は頭を下げて、座り直す。

高島田を結った武家娘の後ろ姿を見送る目に、なにか疎んじるような色があった。

武家娘は茶屋の奥へ入り、肩越しに後ろを見てから、後架の前を素通りした。本堂の裏に回る。そこに、蛽髷の女が待っていた。

「お前ですか、浅路の名で文を届けてくれたのは」

武家娘が尋ねる。

「はい、久代様。あたし、北と申します」

女懐中師のお北は、神妙に頭を下げた。この三日で、左肩の傷はかなり良くなっている。

「お忘れかも知れませんが――二年ほど前、日本橋の半襟屋で、お浅さん…浅路さんを連れて品物をご覧になってる時に、ご挨拶させていただきました」

「覚えています。浅路の幼馴染みと言っていましたね」

久代は頷いた。目鼻立ちがはっきりして、美しいが意志の強そうな顔立ちである。

飯田町に屋敷を持つ家禄九百五十石の旗本・小野田内記の娘であった。

昨日――お北は小野田家の門番に「前にこちらに御奉公しておりました浅路から、お嬢様に文を預かって参りました。お渡しくださいまし」と頼んだのである。

浅路は昨年、年期が明けて、今は池袋の大地主の総領息子の嫁になっていた。

文は、久代に手渡されたが、それは浅路ではなく、松平竜之介の書いたものであった。

突然の文で驚かれると思うが、あなたの身に危険が迫っている、あなたの護り袋の中には能面の根付があり、夢で何時か大事な人が現れるというお告げを受けたことがあるはず、危険の内容をお知りになりたければ明日の未の上刻、善国寺の本堂の裏へ御出でいただきたい――と書かれていた。

それで、久代はこうして、やって来たのである。

「あの文を書かれた松浦竜之介とは、どういう御人なのですか」

誰にも話したことのない二つの秘密――護り袋の中の面根付と夢のお告げのことを、どうして松浦という人物は知っているのか……久代には不思議でならない。

「それは、御本人から――」

お北が振り向くと、本堂の蔭から松平竜之介が現れた。

「まあ……」

久代は動揺した。

若竹色の着流し姿の貴公子は、十歳の時に夢のお告げを聞いて以来、彼女が思い描いていた男性の姿そのままだったのである。

「久代殿。そなたは、誰にも話したことのない秘密を、なぜ知っているか――と疑問に思われているでしょうな」

竜之介は微笑を浮かべて、

「まず、それからお答えしよう。実は、そなたと同じ護り袋を持っている十八の娘が二人いる。お央(なか)という娘の護り袋には増女(ぞうおんな)、お保(やす)という娘の護り袋には白式(はくしき)尉(じょう)の面根付が入っていたのだ。そして、二人とも夢のお告げを聞いていた」

「……」

「そなたの護り袋に入っている面根付は、何かな」

「………」

久代は懐から護り袋を取り出すと、それをお北に渡した。頭を下げてお北はそれを受け取り、竜之介に渡す。

竜之介は、それを開いて中身を取り出した。

白式尉と対になる、黒式尉(こくしきじょう)の面であった。

白式尉は天下泰平を、黒式尉は五穀豊穣(ごこくほうじょう)を祈る面である。

「よく見せてくれた。礼を言う」

竜之介は、お北に護り袋を渡して、

「夢のお告げのことも、その二人に聞いた。必ず運命の男が現れるから操を大事にせよ――というものですな」

「ええ……」

護り袋をしまって、久代は小さく頷く。首筋に、血が昇っていた。

「そして、二人は首の後ろに黒子がある。そなたにも、黒子があるはず。半襟屋で会った時に、お北が偶然、見たそうだ」

「……ございます」

「そこで、危険のことだが…」

竜之介が言いかけた時、

「た、大変ですっ」

茶屋の方から、寅松が走って来た。

久代にお辞儀してから、竜之介に向かって、

「茶店にいる中間と女中、殺されましたっ」

「何だと」

竜之介も驚く。

「そんな……」

久代も絶句した。

「血を吐いて倒れました。茶に毒が入っていたようで」

「それは……山駆党(さんがとう)の仕業(しわざ)かっ」

竜之介が大刀の柄(つか)に手をかけた時、三個の六角礫(ろっかくつぶて)が飛来した。

それを、抜き放った大刀の峰で弾き落として、

「寅松、あっちだっ」

林の奥を顎で示す。そこを抜けると、町屋の通りに出るのだ。

「へいっ」

寅松とお北は、久代を守って林の奥へ走りこむ。

「むっ」

竜之介は、鉄鳶口(てつとびぐち)を振りかざして襲いかかって来た三人を、瞬時に斬り倒した。

さらに二人を斬って、自分も林の奥へ駆けこむ。

二

「——何とか辿(たど)り着いたな」

加納屋敷の門前で、竜之介は息を整えた。

牛込袋町の通りで二丁の町駕籠を拾って、この薬研堀近くの加納銅右衛門の屋敷まで、竜之介と寅松は駆けて来たのである。

その途中に二度、人けのない場所で山駆党に襲われたが、竜之介が豪剣を振るって斬り抜けた。

「旦那が敗けるわけがないと信じてましたが……それでも、生きた心地がしませんでした」

汗をふきながら、寅松が言う。

「ご苦労。みんな、危ない目に遭わせて済まなかったな。これで一杯、やってくれ」

竜之介は、駕籠舁きに酒代を渡す。

「こんなに、よろしいので？」

「こいつはどうも……」

汗まみれの四人の駕籠舁きは、笑顔で頭を下げた。

事情はわからないが――悪い奴らを出し抜いてやったという満足感と自分たちの技量に対する誇りが、彼らの顔を輝かせている。

「二人とも、もう下りても良いぞ」

「はい……」

小野田久代とお北は駕籠から出たが、二人とも疲れ切って、足元が覚束ない。顔も蒼ざめていた。

竜之介は、さっと二人を支えてやる。

「よく堪えた。早駕籠に乗っているのは、下手な仕置よりも苛酷だというからな」

「あの……」と久代。

「角助と福乃は……あの斑装束の者どもに毒を盛られたのですか」

角助と福乃とは、中間と女中のことだろう。

「そうです。茶店の婆さんの隙を見て、湯呑みに毒を入れたんでしょう。気の毒なことをしました」

脇から、寅松が説明する。

「どうして、そのような酷いことを」

「邪魔であったのだろうな、そなたを掠うのに」

竜之介が言った。

「わたくしを掠う……」

事態が理解できない、久代なのであった。

「とにかく、中へ入って話を…」

竜之介がそう言いかけた時、玄関から銅右衛門が血相変えて飛び出して来た。

「竜之介様っ」

「どうなされた、銅右衛門殿」

「申し訳ない……あの二人がいなくりましたっ」

「何ですとっ」

竜之介は、ただちに、お央とお保のいた部屋へ向かった。残った寅松が、銅右衛門に久代とお北のことを説明する。

その八畳間には、愛宕下（あたごした）の伊東屋敷から来た加勢組の頭（かしら）・山本城之助（じょうのすけ）がいた。

逆葵衆（さかさあおいしゅう）事件の時にも、下谷（したや）の長門守の妾宅（しょうたく）で女人（にょにん）の警護を務めてくれた人物である。

「竜之介様……面目次第もなく……」

無念そうに頭を下げる山本に、

「とにかく、何が起こったのか説明してくれ」

「それが、わからんのです」と山本。

「庭と廊下に、私を含めて六人が警護についておりました。どこからも誰にも侵入されていません。それなのに、二人の姿が消えてしまったのです」

「……………」

「この障子も開け放していたので、庭にいる私から、お手玉で遊ぶ二人の姿は見えていました。そして、庭を見まわしてから、もう一度、座敷を見たら……消えていたのです」

「ふうむ……」

山本は、畳に落ちている三個のお手玉を指さして、

「このお手玉も、消えた時のままで」

それから、襖(ふすま)の方に顔を向ける。

「そして、これが――」

見ると、襖に大きく文字が書かれていた。

二人は預かった、無風道人(むふうどうじん)――と。

「無風道人……」

呟(つぶや)きながら、竜之介は襖に顔を近づける。

「これは墨ではないな……顔料でもない、何だろう。筆で書いたのでもないようだ」

「この無風道人という奴が、何か妖術でも使って二人を掠ったのでしょうか」

「そうだな――」

竜之介は考えこんだ。

「自分一人が侵入するだけなら、忍びの技に長けた者なら出来るかも知れぬが……娘二人を誰にも気づかれずに掠うというのは、無理だろう。しかし……」

その時、奇怪なことが起こった。

突然、襖に書かれていた文字が風に吹かれた砂のように散って、消えたのである。

「これは……」

しばらくの間、二人は呆然としてしまう。

「消えました、たしかに見ました」

山本城之助は、信じられないという表情になった。

「そうか……」

襖を調べて、竜之介は言う。

「お央とお保の呪文と同じだ。我らの知らぬ何か途方もない術が、使われているのだ」

竜之介は振り向いて、山本に、

「これは、誰の責任でもない。だから、決して早まったことをしてはならぬぞ」

「はい……」

山本城之助は項だれた。警護の責任を取って、自害する覚悟だったのである。

「この無風道人というのは、おそらく、山駆党でも浪人組でもない。預かった——とわざわざ書き残したのは、とりあえず、二人を殺す気はないということだろう」

「そうですな」

「皆にも伝えてくれ。事件の裏がもう少しわかれば、その方らに働いて貰うこともあるだろう。その時まで、待機していてくれ」

「わかりました」

山本は頭を下げてから、毅然とした顔つきになって、

「竜之介様。敵の本拠地がわかりましたら、この命、存分にお使いください」

「わかった。その時は頼むぞ」

竜之介は頷いた。

そこへ銅右衛門がやって来たので、竜之介は消えた文字のことを説明する。

「人智を越えた者の仕業(しわざ)です。銅右衛門殿、そなたの責任ではない」

「そう言っていただくと……しかし、このままでは、わしの気が済みませぬ」

歯噛みする銅右衛門なのだ。

「今、山本にも申したのだが——事件の真相がわかれば、銅右衛門殿にも力を貸していただく。その時まで、隠忍自重(いんにんじちょう)を」

「承知致しました……」

それから、竜之介は、小野田久代が通された部屋へ行った。

三

「重大な事件が続いて、さだめし、気疲れしたであろう」

松平竜之介の優しい言葉に、

「いえ……」

六畳間で、言葉少なに久代は目を伏せた。

「そなたに会わせるつもりであった二人の娘は、無風道人という者に掠われたらしい。しかも、何とも知れぬ術を使って……我らが相手にしているのは、こういう敵なのだ」

「わたくしと、その恐ろしい敵と、どのような関わり合いがあるのでしょうか」

「うむ。そのことだが――」

竜之介は、お央が濡れ衣を着せられて牢屋敷に送られたことから説明を始める。

百万両をめぐる凄まじい暗闘のことを聞かされて、久代は、

「では……わたくしも、百万両の娘の一人なのですか」

「そうだ。だから、善国寺で山駆党がそなたを掠おうとしたのだ」

「すると、わたくしが操を失うと……」

そこまで言って、久代は赤くなって顔を伏せた。

男と契って処女を失えば、謎の四文字呪文が下腹に浮かび上がるのか――と訊きたかったのだが、とても口に出せない。

「あの……どうして、お央さん、お保さん…そして、わたくしの三人の躯に、そのような不可思議な呪文が」

「百万両の謂われが判明すれば、その謎も解けるかも知れぬが……今のところは

わからぬ。理不尽な運命を背負って、三人とも、まことに気の毒と思うが」

「……………」

「そうだ、これを見てくれ」

竜之介は、例の二枚の紙を久代に渡した。

「にえにる……やさなう……何でしょう、これは」

「お央とお保の呪文だ。ひょっとしたら、そなたに解読できるのでは、と思ったのだが」

「わかりません。何か、子守歌のようでもありますが……」

「たしかに、幼子をあやす言葉には、意味のわからぬものがあるな」

「わたくし……幼い頃のことが、よくわかりません。捨て子なので」

「そうであったのか」

「二つか三つの頃、小野田家の門前に捨てられていたのだそうです。まだ子供の授からなかった養父は、天が与えてくれた子供だと思って、わたくしを養子にして久代と名付けてくれました」

養父の小野田内記も養母の早苗(さなえ)も、宝物のように久代を可愛がった。

ところが――世の中にはありがちなことだが、それから半年後に、早苗が懐妊していることがわかったのである。

すると、養父母の久代に対する愛情は、波が引くように消えてしまい、久代は老女中に育てられた。

生まれた実子は男児で、これで養女である久代の存在価値は、さらに低下したのであった。

二年前——嫡男の峰丸(はちまる)が元服して峰次郎になると、養父は、久代に縁談を勧めるようになった。

峰次郎が嫁を迎える時に、血の繋がらぬ姉が同居していては、差し障りがあると思ったのだろう。

しかし、久代は縁談を断り続けた。

縁談の相手は、夢のお告げの男性とは違うと思ったからだ。

頑(かたく)なに縁談を拒む久代を、養父母は次第に厭(いと)うようになった。

そんな主人夫婦の気持ちは奉公人たちにも伝わり、久代はぞんざいな扱いを受けるようになったのである。

竜之介は知らなかったが——久代が後架(こうか)を口実にして茶店の奥へ歩いて行く時、見送る女中の福乃が疎(うと)んじるような顔つきになったのは、このような経緯があるからだった。

「考えてみると、お央もお保も両親を亡くしている……百万両の娘たちは、三人とも親に縁が薄いということか」

　竜之介は、そう言ってから、

「とにかく、日付を通じて、小野田殿にはそなたを預かっていることを伝えて貰う。このままでは、そなたが勝手に屋敷を出奔したことになってしまうからな」

「あの……」

　久代は不思議そうに、竜之介を見て、

「あなた様は、ただの御浪人ではないのですね。先ほどの加納様の態度といい、今のお言葉といい……御身分のある御方のように思えます」

「文では松浦竜之介と名乗ったが……わしの本当の名は、松平竜之介という」

「松平……？」

　武家の人間なら誰でも、松平姓は徳川一門か、それに関わりのある者だと知っている。

「遠州鳳藩松平家十八万石の若隠居で、妻は上様の姫君――つまり、形の上では将軍家の娘婿ということになる」

「まあ」

あわてて久代は後退り、叩頭した。

「知らぬ事とは申せ、身分を弁えぬ無礼の数々、お許し下さいませ」

「久代殿、そのように改まる必要はない。わしは若殿浪人のような気楽な身分だ」

竜之介は、微笑して見せる。

「でも……上様のお婿様が、このような危険なお役目を……」

「泰平の世を乱して、罪のない者を苦しめる悪党が許せぬ――それだけのことだ」

そう言って、竜之介は立ち上がった。

「目付の件、早い方がよかろう。しばらく、待っていてくれ」

そう言って、竜之介は座敷を出て行く。

四

一礼して松平竜之介を見送った久代は、溜息をついた。

そして、しばらくの間、膝の上に置いた自分の手の先を、じっと見つめる。

（あの文を見た時は……ついに、お告げの人が現れたのだ——と思ったのに……）

約束の場所で初めて竜之介を見た時に、その男らしさと気品に、うっとりとしてしまった久代なのであった。

しかし、そこから先は悪夢のような展開が待っていた。

中間の角助と女中の福乃は毒殺され、山駆党には襲われて、ようやく加納屋敷に辿り着けば、引き合わされるはずだった二人の娘は奇怪な術で消失している
……そして、自分の肉体に百万両の在処を示す呪文が封じこめられているという。

正気でいることが難しいような、混乱した状況であった。

（あの方は……竜之介様は、本当に夢のお告げの人なのだろうか）

不意に、その疑問が頭の中に生まれた。

あまりにも自分の理想の男性像に一致していることが、逆に疑わしくなって来た。

（百万両の話も偽りで、私は何か陰謀に巻きこまれているのではないだろうか……）

疑い出すと、きりがなかった。不安が膨れ上がって、胸の動悸が高鳴る。

（私は、こんなところにいて良いのか……一度、屋敷へ戻って、これまでのことを落ち着いて考えてみた方が、良いのではないかしら）

久代は、静かに立ち上がった。

廊下の様子を窺うと、見張りのような者はいないようだ。

お央とお保の消失事件による屋敷の中の騒ぎが続いており、久代の警護が疎かになっているのだろう。

久代は足音を忍ばせて、廊下を歩いて行く。

誰かに会ったら後架の場所を尋ねれば、部屋を抜け出したことは誤魔化せるだろう。

幾つか角を曲がると、台所に出た。幸い、誰もいない。

見ると、土間に下駄がある。

久代はそれを履いて、勝手口から外へ出た。

自分の身形には不似合いな奉公人用の下駄だが、後で新しい物を買えば良い。

武家の娘だから財布は持っていないが、簪か櫛を売れば何とかなるだろう——

と久代は考えた。

庭へ出た久代は、木立の方へ歩き出す。

小野田家の屋敷の造りから想像して、この屋敷の裏門は木立の奥だろう——と見当を付けたのだ。

木立の中の小径を抜けると、やはり、裏門が見えた。

門の脇に潜り戸がある。

久代は近づいて、その潜り戸の内鍵を外した。

「——久代様」

いきなり、背後から声をかけられて、久代は驚愕した。

女の声である。振り向くと、そこにお北が立っていた。

お北は寂しげに笑って、

「足音を忍ばせて歩くのは、あたしも得意なんですよ。あたしゃ、懐中師——掏摸なんでね」

「掏摸……」

いつの間にか尾行されていたことにも驚かされたが、お北が犯罪者であると知って、久代はさらに驚かされた。

「でもね、久代様。こんなあたしを、竜之介様は二度も助けてくれたんです」

しんみりとした口調で、お北は言う。

「色んなことが一度に起こって、久代様の気持ちが乱れているのは、わかります。女ですもんねえ。だけどね、竜之介様だけは疑っちゃいけない」

お北は、こんこんと教え諭すように言った。

「あの人はね、本当に立派な人です。何度も何度も危険な目に遭いながら、それでも命を賭けて百万両事件を解決しようとしている……久代様だって、それはわかるでしょう?」

「……」

「あんな誠実な人は、あたしも初めて見ました。あの人を信じなかったら、もう、世の中に信じられる人なんていませんよ」

いつしか、お北は目に涙を滲ませている。

「それでも竜之介様が信じられないというなら、その潜りから外へ出なさい。無理に信じろとは言いません。久代様が、自分で決めるんです」

「わたくしは……」

久代は、打ちのめされたような表情になっていた。

「わたくしが……愚かでした。お北さん、あなたの言う通りです」

「良かった、わかってくれたんですね」

にっこり笑って、お北は、袂で目元を押さえた。それから、久代の肩を抱いて、

「さあ、一緒に部屋へ戻りましょう。どこに行ってたと訊かれたら、気分晴らしに庭を散策していた——と言えばいいんですよ」

「ええ、そうですね」

久代も笑みを見せて、二人は母屋の方へ歩き出した——が、不意に、首を絞められた。

背後から、二人の男が、久代とお北の首に左腕を巻きつけたのである。

「騒ぐな、騒ぐと締め殺すぞっ」

「大人しくすれば、あとで可愛がってやる。ふふふ」

その二人は、高本屋鉢右衛門に雇われた浪人者であった。

久代の首を絞めているのは馬面で、お北の首を絞めているのは乱杭歯の浪人者である。

「加納屋敷の見張りを引き受けて良かったぜ」

「まさか、内側から潜りの鍵を外してくれるとはなあ。俺たちは運が良かった、これで賞金が貰える」

馬面と乱杭歯は、卑しげに笑う。

「さあ、愚図愚図してたら、見廻りが来るかも知れん」

「そうだな。さっさと連れ出そう」

二人は、ずるずると女たちを引きずる。

「う……」

久代もお北も、喉を強く圧迫されているので、声を出すことが出来なかった。

二人が絶望的な表情になった時、

「ぎゃっ」

突然、馬面の浪人者が、濁った悲鳴を上げてよろめいた。

久代は、さっと馬面の腕から逃げ出す。

「あ、待てっ」

乱杭歯が左手を伸ばした時、彼のこめかみに小石が命中した。

「げっ」

左のこめかみを両手で押さえて、乱杭歯は、ふらつく。

逃げ出したお北は、久代の手を取って、

「竜之介様よっ」

「まあ……」

二人の顔は歓喜で輝いた。

木立の出口に立った松平竜之介が、石礫を投げて彼女たちを救ったのである。

「その方どもは、南雲重三郎の仲間だな」

「うう……」

額から血を流しながら、馬面は怯えた顔になった。乱杭歯も、こめかみから血を流している。

「くそっ」

二人は大刀を抜いたが、腰が引けていた。

「餓狼どもの雇い主の名を、訊かせて貰おうか」

竜之介は一歩、前へ踏み出した。

「ぬ、ぬ……」

馬面と乱杭歯は顔を見合わせると、潜り戸の方へ駆け出した。

竜之介はそれを追おうとしたが、足を止める。

二人は潜り戸から、あたふたと外へ逃げ出した。

「あんな奴らを捕まえるのに気を取られていたら、また、そなたたちに別の危難が降りかかるかも知れぬ」

竜之介は二人の方を見て、

「とにかく、二人とも無事で良かった」

「有り難うございます、竜之介様」

お北が深々と頭を下げた。

「竜之介様、わたくしは…」

久代が詫びようとすると、

「きっと、二人で散歩でもしていたのだろう」

竜之介は笑った。

「銅右衛門殿と山本には、そう言っておこう——さあ、戻ろうか」

「はい」

お北と久代は頷いて、竜之介と肩を並べて歩き出した。

五

夜になった。

加納屋敷の湯殿で軀(からだ)を浄(きよ)めた小野田久代は、松平竜之介の待つ寝間へ向かった。

竜之介は、夜具の脇に端座している。

「よろしく、お願いいたします」

寝間着姿の久代は、両手をついて頭を下げた。緊張で、声が少し震えている。

「うむ。よろしく頼む」

竜之介は、柔らかな笑みを浮かべて、

「台所の下駄は隠しておいたから、もう安心だ」

「まあ」

思わず、久代は吹きだしてしまう。

「意外と意地悪なのですね、竜之介様は」

瞬時に緊張が解けて、気持ちが軽くなっていた。

「そんなことはないが……」

竜之介は、久代を引き寄せて、

「夢のお告げの男が、こんなに意地悪では嫌か」

武家娘の顔を覗きこんで、言った。

「いいえ……」

そう言って、久代は目を閉じると顎を持ち上げる。

竜之介は相手を抱きしめて、その唇を吸った。舌先を滑りこませて、久代の舌に絡ませる。

「んん……」

久代は夢中で、舌を吸ってきた。

生まれて初めての接吻で、かっと軀が熱くなっている。

竜之介は接吻を続けたまま、久代の軀を持ち上げて、夜具に横たえる。

そして、寝間着の細帯を解いた。

久代は仰向けで目を閉じたまま、竜之介の為すがままになっている。

肌襦袢も脱がされ、十八歳の乙女は、下裳一枚の半裸となった。

乳房は大きめで、乳輪が赤みがかっている。

竜之介は、自分も寝間着を脱いで、下帯一本の裸になった。

久代は、そっと目を開いて、

「――竜之介様」

「どうした、久代」

「お願いがございます」

「何だな、言うてみるがよい」

「はしたない女と軽蔑しないでいただけますか」

「決して、そのような事は思わぬ」

「では、申し上げます……」

頰を朱に染めて、久代は言った。

「久代はまだ、殿方のものを見たことがありません……見せていただけますか」

「よかろう」

竜之介は、久代の顔の近くに座り直して、白い下帯を取り去る。

「それが……」

久代は、まじまじと垂れ下がった男根を見つめる。

春画の類も見たことがないのであろう。

「触れてみるがいい」

竜之介は彼女の右手をとって、自分の股間へ導いた。

久代は、おずおずと触りながら、

「柔らかいのですね。まるで、お豆腐のような……でも」

納得のいかない表情になった。

「このように柔らかいと……その…役に立つのでしょうか」

「これから、硬くなるのだ。久代が助けてくれれば」

「どのようにお助けすれば、よろしいの？」

童女のようにあどけない顔で、久代は訊く。

「まず、真ん中あたりを握って……」と竜之介。

「そう、軽く握るのだ。そして、手を上下に……うむ、上手いぞ」

褒められた久代は、さらに熱心に男根を摩擦する。

処女の繊手で扱かれて、たちまち、竜之介の肉根は頭を擡げた。

「久代。口で咥えてくれ」

「え……こうですか」

戸惑いながらも、久代は上体を起こして、半勃ちの男根を咥えた。処女の吸茎である。

「唇を窄めて、頭を前後に動かすのだ」

「ん……んんぅ……」

久代は無心に、男根をしゃぶる。

「舌を絡めて……うん、そのようにな」

処女の口内粘膜と舌に刺激されて、竜之介のものは、その威容を露わにした。

長く太く硬い巨根である。茎部に血管が這いまわり、脈打っていた。

「ああ……このように巨きなものが……」

久代は興奮と欲望で、目が霞んでいるようであった。

「わたくし、壊れてしまうのでは……」

「大丈夫だ。女のそこは、男を受け入れるように出来ている。鞘が刀身を受け入れるようにな」

竜之介は、武家娘に相応しい例えを持ち出した。

「では、早く女にしてくださいまし……わたくし、何だか軀の奥に火がついたようで……」

久代は内腿を擦り合わせて、臀を蠢かした。

「よし、よし」

竜之介は右手を伸ばして、彼女の下裳を開いた。

内腿を撫で上げると、その付根が熱く濡れている。

男の肉道具をしゃぶっているうちに、自然と愛汁が湧き出してしまったのである。

十八歳の処女の肉体は、すでに、破華の時を迎えるのに相応しいほど成熟していたのだった。

竜之介は、下裳を取り去った。

恥毛は淡く、逆三角形に生えている。

一対の花弁が顔を覗かせている亀裂は、朱色であった。

竜之介は、久代の下肢を広げると、その間に入りこむ。

そして、猛り立っている巨根の胴部を掴み、亀裂に押し当てた。

「あっ……熱い…熱いものが……」

久代は喘いだ。

竜之介は、丸々と膨れ上がった玉冠部を、円を描くように動かして、濡れた花園を撫でた。

「そのようにされては……ああ……」

目を閉じて、久代は身悶えする。

たっぷりと玉冠部に愛汁を塗布してから、竜之介は狙いを定めて、腰を前進させた。

処女の印しが引き裂かれて、巨大な質量の肉塊が花壺の奥まで侵入する。

「うう……っ!!」

歯を食いしばって、久代は、その激痛に耐えた。

「久代……一番痛いことは終わったぞ」

腰を止めた竜之介が、彼女の耳元に優しく囁く。

「ほ…本当でございますか」

「本当だ」

そう言って、竜之介は、激痛のために目尻に浮かんだ涙の粒を吸ってやる。

「ああ……竜之介様。夢のお告げから八年の間、この刻を待っておりました。久代は幸せでございます……」

「うむ。嬉しいことを言ってくれる」

竜之介は、乳房を揉みしだきながら、久代に濃厚な接吻をした。

久代は、男の首に両腕をまわして、その接吻に応える。

そして、竜之介は腰の動きを開始した。

長大な男根を、ゆっくりと抜き差しする。

結合部で愛汁がこねくりまわされ、ぬちゅ……ぬちゃ……ぬちゅ……という濡れた粘膜の擦れ合う淫猥な音がした。

「んんぅ…あ、ああ……これが男と女の密事……」

苦痛と悦楽の入り混じった感覚に、久代は翻弄（ほんろう）された。

竜之介は、三人目の娘の肉襞（にくひだ）を味わいながら、彼女の快感を高めてゆく。

「お北さんの言ったことは…本当だったのですね……竜之介様に抱かれると…極楽往生できると……」

夜になるまでの間、久代は、お北に色々と教えこまれたらしい。

「うむ。久代、極楽にいくがよい」

竜之介は、腰の律動を速めた。

「あっ、はっ、あぁっ……あっ」

小刻みに喘ぎを洩らす、久代である。

ついに久代が快楽の絶頂に駆け上ると、竜之介はそれに合わせて、己（おの）れの欲望を爆発させた。

灼熱の白い液弾が、奥の院めがけて何度かに分けて射出される。

久代は気を失った。狭い肉壺だけが、別の生きものであるかのように、不規則に収縮している。

その余韻をたっぷり味わってから、竜之介は、彼女の下腹を見た。

やはり、四文字の呪文は浮かび上がっていた。

まざみな——と。

第九章　奇怪・舞舞堂(まいまいどう)

一

「困ったな、どうする？」

馬面(うまづら)の浪人者が、乱杭歯(らんくいば)の浪人者に訊いた。

「どうするって、お主(ぬし)。こんな怪我してるし夜も更けたし、今更、のこのこと向島の寮へ戻る訳にはいくまい」

乱杭歯が、吐き捨てるように言う。

小野田久代(おのだひさよ)が幸福な破華を経験していたのと同じ頃――神田川の北側の佐久間河岸(がし)である。

無人の床店(とこみせ)の裏手に座りこんで、二人の浪人者は、ぼそぼそと話しこんでいた。

額(ひたい)やこめかみの傷は、医者で治療してもらい、今は晒(さら)し布を巻いている。

まともな医者のところへ行ったら、町方に通報される怖れがあるが、江戸には犯罪者でも診てくれる闇医者がいるのだ。ただし、料金は普通の倍も三倍もとられる。

「あの南雲重三郎という奴……俺たちが百万両の娘を掠い損ねて持ち場から逃げ出したなんて知ったら、問答無用で刀を抜くぜ。強いしな、あいつ」

「まだ、死にたくはねえな。仕方ない、江戸を売るか……」

馬面は溜息をついた。それから、懐を探りながら、

「お主は、幾ら持ってる」

「俺か」と乱杭歯。

「あの医者の野郎が、ふんだくりやがったからな……一分金が二枚しかないぜ」

「俺は三分くらいだ。これじゃ、旅も出来んな。せめて、二、三両は持ってないと、酒もろくに飲めん」

「辻斬りでもやるか」

「ふむ……」

馬面は、しばらくの間、向こう岸の柳森稲荷を眺めていたが、

「よし、やらかすかっ」

決心して、膝を叩いた。

「商人らしいのを見つけて、二、三人、叩っ斬れば、少なくとも五両にはなるだろう。町方の手配が廻る前に、今夜の内に江戸を出ればいい」

「そうだな。ここから高輪まで行く間に、獲物は何人か、見つかるだろう」

乱杭歯も賛成する。

「では、早速…」

馬面が立ち上がった時、

「——高輪まで行く必要はない」

立てかけた竹の束の蔭から、黒ずくめの男が現れた。

「何だ、貴様はっ」

二人は、大刀の柄に手をかける。

「俺の名は、斬鬼……三鬼衆の斬鬼だ」

長身痩軀の男が言う。

「お前たちは、ここで死ぬのだから、旅に出ることも辻斬りをすることもない」

「ふざけやがってっ」

「貴様から刀の錆にしてくれるっ」

激怒した二人は、刀を抜いた。

「死ねっ」

乱杭歯が斬りかかった。

が、大刀を振り下ろす前に、その喉元が、すっぱりと割れた。

声帯を切断されたので、大量の血を降り撒きながら、悲鳴すら上げられずに倒れる。

「ふん、たわいもない……」

いつの間にか、斬鬼は両手に鎌を持っていた。

しかも、その鎌の柄の末端と末端は、長い鎖で繋がれてる。二丁鎖鎌であった。

「さあ、どうする」

斬鬼は、馬面の浪人者の方を見る。

「ぬ、ぬぬ……」

大刀を構えたまま、馬面の顔は脂汗で光っていた。

「近づかなければ大丈夫――と思っているのか」

斬鬼は、左手の鎌を宙に放った。そして、鎖を掴んで鎌を空中で回転させる。

ひゅんひゅんと頭上で鎌を回しながら、斬鬼は、じりじりと間合を詰めてゆく。

「くそっ」

馬面の浪人者は自棄になって、突進した。

そこへ、空中の鎌が襲いかかる。

「っ!?」

浪人者の首が、宙に舞った。頸部を切断されたのである。

切断面から血柱を噴き上げて、浪人者の軀は仰向けに倒れた。

そして、その首は川面に落ちて、白い飛沫を上げる。

「浪人などというのは、だらしのない奴らばかりだな」

首無し浪人の袴の裾で、鎌を拭いながら、斬鬼は言う。

「この分では、松浦竜之介という奴も大したことはあるまい――」

二

「どうも、こんな夜中にすまんな。思いついたことがあったもので」

弟子田楼内は、松平竜之介に六枚の紙を見せた。

深夜になってから、突然、楼内が加納屋敷に押しかけて来たのである。

小野田久代と二度目の濃厚な交わりを終えたところだった竜之介は、着物を着こんで楼内の待つ玄関脇の座敷に来たのだった。

「これは……」

竜之介はその紙を見て、驚く。

それは、横書きの呪文(じゅもん)「にえにる」と「やさなう」を、上下や中空きで入れ替えて組み合わせたものであった。

「百万両の娘は三人いる——ということだったな。ということは、三人目の娘も四文字の横書きの平仮名が呪文になっているわけだ。そこで——その三種類を、色んな順番で組み合わせてみたのだよ。そうすることで、意味が通じるようになるのではないか——と思ってな」

楼内は早口で説明した。

「そうしたら、その六つの組み合わせが出来たわけだ」

三つ目の呪文を上に置くか、下に置くか、真ん中に置くか、である。そして、第一の呪文と第二の呪文が、上か下かという組み合わせもある。

「先生……」

竜之介は真剣な顔つきになって、懐から畳んだ紙を取り出した。

「これを、ご覧ください。実は、三人目の娘が見つかったのです」

第三の娘が小野田久代で護り袋に黒式尉(くろしきじょう)の面根付(めんねつけ)が入っていたこと、そして、お央(なか)とお保(やす)が無風道人(むふうどうじん)なる者に掠(さら)われたことも、説明する。

「すると、これが第三の呪文というわけだな……まざみな、か」

楼内は、自分が書いてきた六枚と見比べて、「そうか、この組み合わせだ――第一が下、第二が上、三番目の呪文を空いた真ん中に嵌(は)めこむのだっ」

二枚の紙を重ねて、行灯(あんどん)の方へ向ける。紙を透かして、三つの呪文が三列に並んだ。

「読めたぞ、竜之介殿っ」

「おおっ」

楼内と竜之介の目が輝く。

やまに
さざえ
なみに
うなる

これが、四文字呪文の解読法だったのだ。

「つまりだ。山に栄螺、波に唸る——というわけだな」

得意そうに、楼内は胸を張った。

「確かにこれですな。他の組み合わせでは、読めない。しかし……」

竜之介は眉を寄せて、

「山の栄螺とは何でしょう。栄螺が波に唸るとは？」

「ううむ、それは……わからんな。せっかく、読めたというのに」

楼内も、苛立たしげに頭を搔く。

空腹の極限で食料の入った鉄箱を見つけたら、鍵がかかっていて開かない——

というのにも似た、何とも諦めがたい焦燥感に身を灼かれているのだった。

「栄螺と波は関わりがありますが、山は何でしょうか」

「谷川に巻貝はいるかも知れんが、さすがに、栄螺はおらんな」

「たとえば、猪の肉を〈山鯨〉というように、何かの言い換えでは？」

「ううむ……」

背中を丸めて、楼内は、両手で頭をかかえこむ。

「——ごめん」

そこへやって来たのは、この屋敷の主人の加納銅右衛門であった。

「深夜に、竜之介様に来客があったと聞いて……楼内先生でしたか」

「銅右衛門殿、これを見てくれ。楼内先生が解いてくれたのだ」

竜之介は、二枚の紙を透かして見せる。

「なるほど、これは凄い。さすが、博学無類の楼内先生ですな」

銅右衛門も大いに喜んだが、ふと、眉をひそめて、

「で……この文章の意味は？」

「それで苦しんでいるのだ。山に栄螺がいるわけはないし……何かのたとえだろうが」

腕組みして、竜之介は言った。

「そうですなあ。山の中に栄螺がいるわけはなく、いるとしたら葉っぱの上の蝸牛くらいでしょう」

銅右衛門も溜息をつく。

「蝸牛……？」

楼内が顔を上げて、銅右衛門の方を見た。

「これは、考え事をされている時に、素人が余計なことを申し上げまして」

銅右衛門が詫びると、

「いや、そうではない」

楼内は首を横に振った。

「はあ？」

「蝸牛……舞舞螺(まいまいつぶり)のことだな。山に舞舞螺……どこかで見たか聞いたか、したような」

「本当ですか、先生」

竜之介も身を乗り出した。

「つまりだ」

楼内は立ち上がり、

「この文章は百万両の在処(ありか)を示しているはずだから……百万両……金……山の舞舞螺……そして、波……波というも、どこかで……」

呟(つぶや)きながら、うろうろと歩きまわる。

竜之介と銅右衛門は、座敷の隅に下がって、楼内の邪魔にならないようにした。

「あっ」

楼内は、どんっと畳を踏み鳴らした。

「そうだ、八王子じゃっ」

「八王子……江戸の西、甲州街道の宿駅で、千人同心がいるところですな」

銅右衛門が言う。

「そうだ。いや、千人同心は関係ない……いや、関係はあるか」

「………」

竜之介と銅右衛門には、楼内が何を言ってるのか、よくわからない。

「そして、つまり、百万両とは………うむ、そうだ。全て、わかったぞ」

「わかりましたか、先生」

「うむ、わかった。これは大変なものだ」

楼内は座り直して、二人を見た。

「まず、結論から言おう——百万両というのは、大久保石見守の隠し金だと思う」

「大久保石見守……？」

竜之介と銅右衛門は、顔を見合わせた。

三

大久保石見守長安は徳川家康の家臣で、鉱山奉行等を務めた人物である。父の大蔵太夫は猿楽師で、武田信玄に芸人として召しかかえられたが、その子の長安は家臣に取り立てられた。

そして、鉱山開発などの役目に就いたのである。

長安は、信玄の死後は武田勝頼に仕えたが、武田家が滅びると各地を放浪し、天正十年の小田原攻めの時には、大久保相模守忠隣の与力として参加している。姓も、大久保に改めた。

この時、長安は物資の調達などで才能を発揮して、徳川家康に認められたのだという。

さらに、家康が江戸に移った時に、伊奈忠次・彦坂元正とともに徳川検地を行い、八王子や桐生新町の町立てをして、その能力を発揮した。

関ヶ原の戦いで勝利して天下の覇権を握った家康は、石見国大森鉱山や但馬国の生野銀山、佐渡の相川鉱山、伊豆の大仁金山など、全国の主な鉱山を直接支配することにした。

その管理を命じられたのが、大久保長安である。

長安は、外国の優れた技術を積極的に導入して採掘量を増大させ、家康の信頼をさらに篤くした。

この頃、佐渡から江戸へ送られる金は、年に一万四千四百貫——五十四トンもあったという。

伊豆の大仁金山は、長安が自ら発見した新鉱山であった。

昔から、鉱山では「山神が嫌うから」という理由で、「坑内で念仏を唱えるな」「女は入坑禁止」という掟があった。

ところが長安は、「海に潜る海女がいるのだから、山に潜る女がいても問題あるまい」として、大仁金山に女人夫を送りこんだのである。

彼女たちは〈山女〉と呼ばれて、採掘の補助作業に当たった。

男だけの荒々しい気風が、女が入ることによって自然と和気藹々となり、おかげで大仁金山は採掘量が大幅に増えたという。

この佐渡金と伊豆金によって鋳造されたのが、慶長小判であった。

大久保長安は駿河城や名護屋城の築城、五街道の整備でも活躍し、勘定奉行や老中も兼任して、〈天下の総代官〉とまで呼ばれるようになる……。

「だが、石見守の晩年はひどかった」

　弟子田楼内は言う。

「慶長十七年に中風に罹り、金銀の採掘量も減り、役職も罷免された。そして、翌年の四月に亡くなったのだが――」

「その死後に、不正な蓄財をしていたことが発覚したのです」

　怒りをこめた口調で、加納銅右衛門が言った。

「石見守の屋敷の縁の下には、大谷石を組んだ地下蔵があり、千両箱が七百二十個も隠されていたとか」

「千両箱が七百二十個というと、七十二万両ですな」

　松平竜之介は言う。

「そうです。そもそも、石見守は生前から派手好きで、妾を二十四人も蓄えて〈日本一の奢り者〉といわれていたそうで。それもこれも、江戸へ送るべき金銀から荷を抜いて蓄財し、贅沢をしていたとか。東照権現様に目をかけられていながら、悪臣というしかありませんな」

　直情的な銅右衛門は、吐き捨てるように言った。

大久保長安の不正蓄財が立証されると、その墓は暴かれ、七人の息子は切腹を申しつけられ、二十四人の妾は追放された。

そして、主だった家臣の三十余人が、処刑されたという。

「それで、楼内先生——」と竜之介。

「百万両が大久保石見守の隠し金だという理由は？」

「うむ。八王子は、石見守の所領でな。八王子千人同心を整備したのも、石見守だという。八王子の南西に高尾山があり、高尾山薬王院には石見守の制札が残っている。で——」

楼内は、例の二枚の紙を手にして、

「高尾山の近くの小山に、蓮花寺(れんげじ)という小さな寺がある。わしは昔、そこに参詣したことがあるが、境内に舞舞堂(まいまいどう)という建物があるのだ」

「舞舞堂……」

「その建物は、舞舞螺(まいまいつぶり)の殻のような捻(ねじ)れた形をしているのだよ」

「つまり、山の栄螺とは、その舞舞堂のことなのですか」

「そうだ」と楼内。

「今まで思い出さなかったが、会津の飯盛山正宗寺(いいもりやましょうそうじ)に、円通三匝堂(えんつうさんそうどう)という建物がある。別名が栄螺堂、六角三層で螺旋のように捩られた形をしているのだ」

「……」

「栄螺堂が建てられたのは寛政年間、八代将軍吉宗公の時代だから、舞舞堂の方がかなり早かったな。本所の五百羅漢寺にも栄螺堂があるが、会津の栄螺堂の方が凝った造りになっている」

「山の栄螺が小山の舞舞堂を指しているとして……波に唸るというのは」

「唸るの方は、まだわからぬ。しかし、波というのはな――小山の麓に並木村というのがあるのだ」

「並木村……つまり、先生は、大久保石見守が舞舞堂に百万両を隠している――というのですな」

「そうだ。竜之介殿、三人の娘の名前を考えてみなさい」

「お央、お保、久代――ですか」

「央という字には、〈大〉が含まれている。つまり、大、久、保――大久保だ」

「ううむ……」

「大久保石見守は、どんな方法を使ったのか知らぬが、自分の姓を継ぐ三人の娘たちの軀に隠し場所の手がかりを秘めていたのだな」

「楼内先生は、まさに天才ですな」

立て板に水という名調子で謎解きをする楼内に、感に堪えぬという様子で銅右衛門が言った。

「いやいや、天才というのは、もっと謙虚なものだよ」

弟子田楼内は苦笑して、

「わしは昔から、その謙虚さが足りなくて……いや、そんなことはどうでもよろしい。百万両に話を戻せば——石見守も、自分の領地にある舞舞堂ならば、密かに大金を運びこむのも難しくはなかっただろう」

「確かに」

竜之介は頷いた。

「今、思い出したが——わしはある御方の紹介状を持って、石見銀山の見学に行ったことがある。地元の城上神社に参詣した時に、大久保石見守が寄進した三枚の能面があると聞いて、見せて欲しいと頼んだ。宮司は嫌がったが、そこは紹介状の御威光で、面箱を出して来た」

「三枚の能面ですか」

「そうだ。竜之介殿、何の能面だと思うな」

「まさか……」

「その、まさかだ。増女(ぞうおんな)、白式尉、黒式尉じゃよ」

それは、三人の娘の護り袋に入っていた面根付と同じ種類である。

これも、百万両が石見守がらみである証拠であろう。

「これで、山駆党(さんがとう)が関わっている理由がわかる」

楼内は、さらに説明を続けた。

「鉱山人足の間では、石見守の蓄財の方法や百万両の隠し金の伝説が、長く言い伝えられていたのだろう……そして、山駆党はついに、百万両の手がかりが三人の娘であることを知った。それで、お央を手に入れようとしたのだ」

「浪人組を雇った者も、大久保石見守に関わりのある者かも知れませんな。さて、こうなると――」

「竜之介様。舞舞堂へ行くしかありませんぞ」

脇から、銅右衛門が張り切って言う。

「早い方がいい。夜が明けたら、すぐに旅立ちを。某(それがし)もご同行します」

「いや、銅右衛門殿。旗本の主(あるじ)が許可もなく江戸を離れるのは、難しいでしょう」

「それは、そうですが……」

銅右衛門は残念そうであった。

「まあ、案内人としてわしも同行する。それと――久代さんも連れて行った方がよかろう」

「しかし、先生」と竜之介。

「山駆党や浪人組に狙われる危険な旅です。女人を同行するのは……」

「久代さんは、竜之介殿と何日も離れるのは寂しいだろう。それに、大久保石見守に関わる者を舞舞堂に連れて行くことは、意味があると思う」

「はあ……」

竜之介は、加納屋敷に久代を置いていくと、また、無風道人に掠われるかも知れない――と思い直した。

それは、銅右衛門の前では口に出せない不安だが。

「わかりました」竜之介は頷いた。

「久代も連れて、三人で舞舞堂へ行きましょう――」

第十章　天帝金

一

八王子宿は、甲州街道の七番目の宿駅である。

戸数は千五百軒余、人口は六千人以上、本陣は二軒、脇本陣は三軒、旅籠は三十四軒だ。

その中の一軒である〈立花屋〉の二階の部屋で、山駆党の党領である玄左は出窓に寄りかかっていた。

旅の行商人のような風体をして、通りの向かい側にある〈成田屋〉を見ているのだった。その二階の部屋に、松平竜之介が泊まっているのである。

四文字呪文の解読が出来た翌日の早朝に、竜之介の一行は江戸を出て、その二日目の夕方であった。

「――党領」

商家の手代のような形(なり)をした津無裡(つむり)が、部屋に入って来た。

「皆の泊まっている旅籠を、一巡して来ました。党領のご命令があれば、今夜、あの成田屋を襲撃することが出来ます。今度こそ、竜之介を倒しましょう」

山駆党の二十数名は、複数の旅籠に分散して宿泊し、互いに他人のようにしているのだった。

「襲撃はせぬ」

玄左は、成田屋から目を離さずに行った。

「しかし、二日も尾行して何もしないというのは……」

「津無裡よ。あいつらは、江戸を出てどこに行くと思うな」

「それは……」

「三人目の娘も、竜之介が見つけ出した。おそらく、抱いただろう――ということは、奴めは三つの呪文を手に入れたことになる」

「なるほど」

「そして、翌日の早朝の慌(あわ)ただしい旅立ち……これは、竜之介が呪文の意味を説き明かして、百万両の隠し場所へ向かっている――と考えるべきだ」

「おお、そうですな」

「だから、だ」

玄左は、津無裡の方を向いて、

「このまま尾行して隠し場所に辿り着いたら、竜之介たちを始末すればいい。わかるな」

「はいっ」

津無裡は頭を下げた。

「私の考えがそこまで至らず、申し訳ありません」

「よい。明日のために風呂へでも入って、ゆっくり休め」

「ありがとうございます」

叩頭(こうとう)して、津無裡は部屋を出て行く。

「この考えは間違ってはいない……」

玄左は、難しい顔で呟(つぶや)いた。

「間違ってはいないが……あいつらも同じことを考えているだろうな」

立花屋の斜め向かい——つまり、成田屋と同じ並びの数軒先に、〈多摩屋〉という旅籠がある。

その一階奥の部屋で、南雲重三郎は酒を飲んでいた。

雇い主の高本屋鉢右衛門と番頭の勘兵衛も、同じ部屋にいる。

「――失礼します」

清水克馬という若い浪人者が、部屋に入って来て、

「成田屋の表と裏の見張り、交代して来ました」

「ご苦労」と南雲浪人。

「次は二刻後に交代だ。竜之介が、夜中に旅籠を抜け出すことはあるまいが、万一ということがあるからな」

「はい」

「退がって、休め。次の見張り役に、交代の時刻を忘れぬように注意だけしておいてくれ」

「わかりました」

頭を下げて、清水浪人は出て行った。

「そろそろ、目的地ですかな」

煙草を喫いながら、高本屋が言う。

「そうだな」南雲浪人が言った。

「奴らは長旅の支度ではないようだから、目的地は、江戸から二、三日の行程だろう。すると、明日が勝負か」

高本屋が雇った浪人組もまた、複数の旅籠に分かれて泊まっていた。こちらは、十六人である。

「だが、竜之介が目的地に着いたら、山駆党が襲って来る。それは間違いない」

「ふむ……」

「まあ、両方とも倒して、我らが百万両を手に入れれば良いのだ。それだけだ」

南雲重三郎は、そう言って盃を干した。


「やっぱり、お風呂で汗を洗い流すとほっとしますね、久代様」

「そうね、お北さん」

お北と小野田久代が、姉妹のように仲良く話している。

竜之介はそれを眺めながら、

（お北を連れて来て、良かったのだな……）

そう考えていた。

――二日前の早朝、竜之介たちが高尾山の方へ行くと聞いて、お北は、一緒に行く――と言い出したのだ。

「だって、久代様の初めての旅なんだから、女中役が付いていなかったら、色々とご不自由じゃありませんか。たとえば、旅籠の風呂に久代様を一人で入らせるんですか。不用心じゃありませんか」

確かにその通りなので、竜之介は、お北の同行を許したのである。

ところがそれを聞いて、伊東屋敷から加勢組である山本城之助までが、「わたくしも同行させてください。いざという時に、わたくしが久代様たちを守れば、竜之介様は憂いなく戦えると思いますが」と言い出した。

これもまた、正論である。

加納銅右衛門もまた、自分が同行できないので、山本を連れて行った方が良いと熱弁を振るう。

結局、竜之介・弟子田楼内・久代に、お北・山本城之助を加えて、五人で旅をすることになったのだ。

八王子宿までは、竜之介や山本の足なら丸一日あれば充分である。

だが、老人の楼内と女二人が一緒なので、駕籠や馬も使いながら二日がかりで八王子に着いたのであった。

山本城之助は、「念のために宿場を一回りして来ます」と言って、出かけている。

楼内は夕餉を終えたら、早寝をしていた。

（いよいよ、明日は舞舞堂だな……敵は、どれほどの数になることか）

そんなことを思いながら、竜之介は盃を口に運んだ。

「元締――あれが、加納屋敷で娘たちの警護をしていた山本城之助ですよ」

出窓の障子の隙間から見下ろして、干支吉が言った。

そこは――八王子宿の西の外れにある旅籠〈武蔵屋〉の二階の部屋である。

「ふうむ……若造だな」

留蔵も、隙間から見下ろして、

「あいつは何をしてるんだ、宿場の見物か」

「たぶん、見廻りでしょう。怪しい奴がいないか、どうか」

「ふん。そんな自分が、ここから見張られているんだから、様ァねえな」

留蔵は、膳の前に戻った。幸七が、横から酌をする。

「あいつ、強いのかい」

「屋敷の下男の話では、かなり使うらしいです。無論、竜之介ほどじゃないでしょうが」

通りを見下ろしたままで、干支吉は答える。

死客人・三鬼衆を留蔵に引き合わせただけでなく、早耳屋として加納屋敷の奉公人への聞きこみも、しっかりとやっているのであった。

「もっとも、竜之介は山駆党や浪人組と遣り合ってくれればいい。生き残った奴は、元締が集めた三十人と三鬼衆がかかれば、簡単に片付きますよ」

留蔵組もまた、あちこちの旅籠に分散しているのだ。

「ふふ、そうだな。いよいよ俺も、百万長者で江戸一の顔役か」

取らぬ狸の何とやらで、上機嫌で盃を重ねる留蔵であった。

二

翌朝――松平竜之介の一行は、成田屋を出た。

晴天で、陽射しは暑いほどだ。

次の宿場である駒木野へ向かって歩き出したが、途中で脇街道に入る。

その脇街道は、高尾山の麓を廻って、並木村へ行く道であった。

一刻ほど歩いていると、道端に古い地蔵堂があったので、皆でお参りする。

これからのことを考えると、神仏に祈らざるを得ないのだ。

そこへ、宿場に竹細工を売りに行くらしい百姓が通りかかったので、楼内が呼び止めた。

「ちょっとお尋ねしますが、並木村への道はこれで間違いありませんか。随分、昔に来たので……」

「並木村……あんた様方、並木村へ行こうというのかね」

竹細工を入れた駕籠を背負った中年の百姓は、まじまじと楼内を見つめた。

「そのつもりだが、どうかしましたか」

「並木村はこの先だったが……もう、ないよ。全滅だ、山崩れで」

「山崩れ……？」

楼内と竜之介は、顔を見合わせた。

「もう、二年になるかな……ここら一帯に長雨が降った時、蓮花寺というお寺のあった山が崩れて、村を呑みこんでしまったんだよ。酷いことに、一人も助からなかった」

「蓮花寺も流されたのですな」

「そうだ。境内の舞舞堂だけは残ったがね。だけど、村がなくなっちまったから、気味悪がって、お参りする人もいなくなったよ」

「舞舞堂だけがねえ……いや、足を止めて申し訳ない。教えてくれて、有り難う」

楼内は、丁寧に頭を下げる。

「いや、どうも」

百姓も頭を下げて、甲州街道の方へ歩き去った。

「驚きましたね、竜之介様。山崩れで、誰もいなくなったなんて」

山本城之助が言う。

「そうだな。舞舞堂が残ったのは、そこだけ地盤がしっかりしていたのか……」

「竜之介様」と楼内。

「とにかく、行ってみましょう。もうすぐのようだから」

結局――四、五町ほど先で、山崩れの痕に突き当たった。

凄まじい量の土砂の中に、蓮花寺の屋根の一部が見えている。

並木村の家々は、その下に深く呑みこまれたのか、家の残骸すらなかった。

そして、半分が削ぎ取ったようになっている小山の残った部分に、六角形の建物が見えた。そこへ行く石段も残っている。

「あれが舞舞堂ですか」

「そうじゃ……しかし、これほどの崩壊で、よく小山の半分が残ったものだな」

埋もれた村に向かって手を合わせてから、竜之介たちは石段を上って、舞舞堂の前に来た。手水舎が見当たらないのは、山崩れに呑みこまれたからだろう。

舞舞堂は、高さが六丈――十八メートルくらいだった。全体が螺旋形で、窓も斜めについている。

「この入口から入って、通路を上っていくと、三階に太鼓橋が架かっている」

弟子田楼内は説明した。

「その太鼓橋を渡ると、今度は通路が下り坂になり、そのまま裏口に通じているのだ」

「摩訶不思議な造りで……要は、表からも裏からも入れるということですな」

初めて見た竜之介は、感心してしまう。

「では、わしが先頭に入ります。楼内先生、久代、お北と続いて、山本には殿を頼む」

「殿ですか、武士の名誉ですな」

山本は張り切って、袴（はかま）の股立（ももだ）ちを取る。

その時、竜之介が叫んだ。

「山本、伏せろっ」

それを聞いた瞬間、山本は、しゃがみこんでいた。

彼の頭上を、五個の六角礫（ろっかくつぶて）が飛び抜ける。

見ると、舞舞堂を弓形に囲んで、二十余人の山駆党が現れていた。

「来たな」

竜之介は、大刀を抜いた。

三

「山本、わしが殿（しんがり）になる。早く、みんなを堂内へっ」

「はっ」

抜刀した山本城之助は、久代たちを舞舞堂へ入らせる。

「山駆党の者ども。大久保石見守の隠し金を狙って、ここまで来たのか」

竜之介は、舞舞堂の入口を背にして、両腕を広げた。

「百万両は元々、我らの物だ」

斑模様の忍び装束を纏った玄左が、大声で言う。

「今から二百年以上前――大久保石見守は、大勢の人足たちに隠し金山で採掘させて、採掘が終わると皆殺しにしたのだ。そして、百万両分の金を、ここへ隠した」

「何と……」

「誰一人生き残らなかったので、その隠し金山の場所はわからぬ。だが、そこから採れた金には、人足たちの血と魂がこもっている。ゆえに、百万両は我ら山駆党が手にすべきものなのだ。わかったか、竜之介っ」

「その方どもの言い分にも、一理はある」と竜之介。

「しかし……罪なき者を掠ったり毒殺したりしたその方どもは、すでに人の道を外れた外道である。外道に百万両は渡せぬ」

「抜かしたなっ」

玄左は、さっと右手を振った。

鉄鳶口(てつとびぐち)を手にした三人の山駆党が、竜之介に襲いかかる。

竜之介は、その鉄鳶口が振り下ろされる前に、三人を斬り伏せた。

「次の者、かかれっ」

今度は五人が進み出て、竜之介に突進した。

その時、舞舞堂の裏手で、わーっという鬨(とき)の声が上がった。

「む……奴らかっ」

玄左は顔色を変える。


「相手は、無頼(ぶらい)のごろつきだ。皆殺しにしろっ」

堂の裏手でそう叫んだのは、南雲重三郎だ。

十六人の浪人組を、留蔵一家と雇われた無頼漢(かん)の総勢三十二人が、弧を描いて囲んでいた。

留蔵たちは、長脇差を抜き竹槍を構えて襲いかかって来る。

乱戦になった。早耳屋の千支吉も、必死で竹槍を振りまわしている。

「清水っ」

長脇差の男を斬り倒して、南雲浪人は叫んだ。

「高本屋を中へ、早くっ」

「は、はいっ」

清水克馬は、高本屋鉢右衛門の腕を摑んで、

「さあ、こっちだ」

高本屋と番頭の勘兵衛を、舞舞堂に押しこんだ。

その時、手鑓（てやり）を振るっていた藤尾厳之輔（げんのすけ）の軀（からだ）に、三本の竹槍が突き立てられた。

「ぐァっ！」

血の塊を吐いた藤尾浪人だが、最後の力を振り絞って手鑓を突き出す。

「ひぐ……っ？」

その穂先に胸を刺し貫かれたのは、干支吉であった。干支吉は、そのまま朽（く）ち木のように倒れる。

「ええい、高本屋に先を越されてはならぬ。早く、竜之介を始末しろっ」

玄左が、そう命じた時、彼の左右で「うわあっ」「ぎゃっ」という悲鳴が上がった。

「な、何事だっ」

見ると、右の方に黒ずくめの小男が、左の方に長身痩軀の黒ずくめの男が立っていた。そして、山駆党の四人が血まみれで倒れている。

「俺は三鬼衆の刺鬼」

「俺は斬鬼という」

左右の二人は名乗った。

「貴様ら山駆党は、俺たち三鬼衆が皆殺しにしてやるから覚悟しろ」

刺鬼は、蠍牙を構えた。斬鬼も、二丁鎖鎌を構える。

「おのれ……竜之介は、俺がやる。お前たちは、この二人を殺せっ」

玄左は、竜之介に向かって六角礫を乱れ打ちした。

竜之介は、それをかわすと、舞舞堂へ駆けこむ。

「待てっ」

玄左は、彼を追った。

「ここが太鼓橋じゃ」

最上階で、弟子田楼内が言う。

壁には、大久保家の家紋である〈大久保藤〉を浮き彫りにした板が飾ってあった。

「で……わたくしは、どうすれば良いのでしょう」

小野田久代が訊いた。

「そうだなあ……」

楼内が考えこむと、お北が家紋を見つめて、

「ねえ、先生。この家紋のここんとこに、変な窪みがありますよ」

「変な窪みじゃと……お、そうか」

楼内は、久代に向かって、

「久代さん。護り袋の黒式尉の面を、ここに嵌めこむのだ」

「え……はいっ」

久代は、言われた通りに、〈大〉の字の中央の下に、面を嵌めこんだ。

「何も起こらぬか……あと二つの面が必要なのだ」

楼内が悔しそうに呟くと、

「――それは、ここにある」

突然、背後で声がした。

「何者かっ」

山本城之助が、大刀を構える。

そこに、青灰色の襤褸（ぼろ）を纏（まと）った白髪の老人が立っていた。その両側に、お央（なか）とお保（やす）がいる。

「山本殿、待った」

楼内は前に進み出て、

「あなたは、ひょっとして……無風道人（むふうどうにん）か」

「その通り。さすが楼内殿だ」

無風道人は笑みを見せる。

「わしはかつて、ずっと昔だが……あなたを見たことがある」

「ずっと昔に……？」

「それより今は、こちらが先だ」

道人は、お央とお保に能面を使うように言った。

「はい」

「わかりました」

二人は、増女を中央の右下の窪みに、白式尉を左下の窪みに嵌めこんだ。

その瞬間、ずん……と衝撃が堂全体に走る。

「お、地震かっ」

楼内が言った時、ぐっと軀が傾いだ。

「これが唸るか……堂が回っている？」

何と信じられぬことに、舞舞堂全体が回転しながら降下している。そのまま、地中に潜ってゆくのであった。

四

「岩盤に螺旋状の溝が掘ってあり、三枚の能面を家紋に嵌めこむことによって絡繰りが動き出し、溝に沿って回転しながら、舞舞堂は降下したのだ……舞舞堂が栄螺の殻のような外見をしていたのは、岩盤の溝に合わせるためであった」

弟子田楼内たちが上ってきた通路を下りながら、無風道人は説明する。

通路は階段ではなく、木の板の斜面で、そこに滑り止めの桟が無数に打たれていた。

「争いはやめよ」

入口のところで闘っている松平竜之介と玄左に向かって、道人は言った。

「そなたたちが見たい物が、この奥にある。付いて来なさい」

入口の外の岩盤に、道人が手を触れた。

すると、岩盤の一部が戸のように横へ動いて、通路が出現する。道人は、その奥へと進んだ。

「むむ……」

玄左は鉄鳶口を引いて、道人のあとについて行く。

竜之介は、楼内たちを見て、

「みんな、無事か……お央、お保、ここにいたのかっ」

「はい、道人様に匿(かくま)ってもらいました」

「加納屋敷にいると、危ないからと」

お央とお保が答える。

「ふうむ……とにかく、行ってみるか」

竜之介は通路に出て、無風道人と玄左を追う。

楼内、小野田久代、お北、お央、お保、そして山本城之助が、それに続いた。

通路は岩盤を刳(く)り貫(ぬ)いて、精巧に作られていた。壁には光蘚(ひかりごけ)が貼りついている。

「こんな途方もない仕掛けや通路を作るのに、どれほどの年月と費用がかかったことか……」

楼内は感嘆している。

やがて、通路の先に広い空間が現れた。

三階建ての家が丸ごと入るほどの岩の広間で、そこに無風道人と玄左がいる。

玄左は、唖然として立ち尽くしていた。

彼の前には、眩く金色に光る石が山のように積み上げられている。

「これは……天帝金か」

楼内も驚いて、石の山に触れて見た。

「先生、これは何です」

竜之介が訊くと、

「普通の金の鉱石には、金と銀が入り混じったものが、ほんのわずかしか含まれておらぬ。だから、手間暇かけて、金を分離するのだ」

楼内は震え声で言った。

「ところが、唐土の伝説では、ほとんど丸ごと金の塊のような鉱石があるという。それを、天帝金と呼ぶのだ」

天帝金は実在する。

明治三十七年、江戸時代は仙台藩領であった宮城県気仙沼市の鹿折金山で、二キロほどの自然金の塊が発見された。通常の金鉱石なら百キロの中に数グラムの金でも上等なのに、この塊は八十三パーセントが金だったのである。この金鉱石は、その年にアメリカのセントルイスで開かれた万国博覧会に出品されて、〈モンスターゴールド〉と名づけられ、青銅メダルを受賞したのだ……。

「まさか、日の本にも天帝金があったとは。しかも、これほど大量に……」

「それゆえ、大久保石見守は、金山の在処を公儀に報告せず、人足を皆殺しにして、採掘した天帝金を我が物にしたのだ」

玄左が、憎々しげに言った。

「だから、この天帝金は山駆党のものだっ」

「――それは違うね」

広間の反対側から、高本屋鉢右衛門と勘兵衛、それに、返り血にまみれた南雲重三郎がやって来た。

南雲浪人は、香具師の留蔵を叩き斬っている。清水克馬も含めて浪人組はほぼ全滅したが、無頼漢どもも相討ちになっていた。

そして、入口に合う通路があったのと同じに、舞舞堂の裏口にも合う通路が用意されていたのである。

「高本屋か、貴様は何者なのだっ」

「私の祖先は、石見守様の三男、本八郎(もとはちろう)でね。身代わりが切腹し、本八郎は逃げおおせた。そして、増上寺(ぞうじょうじ)前で町人として仏具屋を開き、今に至るというわけだ」

「ふうむ……」

「石見守様は、大仁金山の山女の中から美しい女を三人選び出して、手をつけた。それで山女たちは懐妊し、その子孫が、この三人の娘たちなのだよ。そして――」

　高本屋は、無風道人の方を見て、

「この仙人様に頼み、山女の子孫の娘たちに男を識(し)ると四文字呪文(じゅもん)が浮かび上がるように術をかけてもらったのさ」

「石見守様は、わしのただ一人の友であった……」

　無風道人は、弱々しい声で言った。

　大久保石見守が鉱山師(やまし)として山から山へと巡っている時に、孤独な仙人――無風道人と知り合ったのである。

「だから、頼みを聞いたのだが……これほどの流血を生むのであれば、断るべきであった……」

その時、どーんっ……と鈍い音がして、広間が揺らぎ出した。

「どうしたのです、仙人様っ」

「二百年の歳月が、この地底蔵(ちていぐら)を劣化させていたらしい。舞舞堂が降下したので、その重さに耐えきれなくなったのだろう」

「何ですとっ」

「もうじき、ここも崩れる。皆、あちらの抜け穴から逃げるがいい。わしは疲れた……」

無風道人は、その場に座りこんだ。楼内の方を見て、

「楼内殿、達者でな」

寂しく笑うのであった。

「いかん、こっちだっ」

竜之介は、久代たちを抜け穴の方へ急がせた。

「逃(のが)さぬっ」

玄左が鉄鳶口を振り上げて、竜之介に襲いかかろうとした。が、その前に飛び出したのは、南雲浪人であった。大刀の峰で、鉄鳶口を弾き上げる。次の瞬間、

手首を返して、南雲浪人は玄左を袈裟懸けに斬り伏せていた。

「我らの…百万……」

そう呟いて、山駆党の党領は絶命する。

「竜之介、勝負だっ」

南雲浪人は、諸手突きを繰り出した。

「ぬっ」

竜之介は、それを横へ払う。態勢を立て直した南雲浪人は、真正面から斬りかかった。竜之介も、大刀を振り下ろす。異様な金属音が広場に反響し、南雲重三郎は顔面を斬り割られて倒れた。

相手の太刀と同じ軌道で我が太刀を振り下ろし、敵の刃を外側に弾いて相手を斬る。泰山流の奥義、相斬刀であった。

「竜之介様、早くっ」

山本城之助が呼ぶ。竜之介は血振して、抜け穴へ駆けこんだ。見ると、高本屋鉢右衛門と勘兵衛は悲鳴を上げて、崩れて来た天帝金の下敷きになっている。そして、大音響とともに広場の天井が崩壊し出した。

「おお、刺鬼、斬鬼よっ」

その少し前——舞舞堂の裏手で、息のあった浪人組や無頼漢に止どめを刺した三鬼衆の砕鬼は、大穴の縁を回って、表側だった場所へ向かった。

すると、二人が血に染まって倒れているではないか。八名に減った山駆党の男たちが、一斉に鉄鳶口を投げつけたので、二人は避けることが出来なかったのだ。

「貴様ら、許さんっ」

激怒した砕鬼は、生き残った山駆党に躍りかかった。

「おっ、ここは……」

松平竜之介たちが長い長い抜け穴を通り抜けて、突き当たりの梯子を登ると、板の蓋があった。

その蓋を押し上げると、何と、例の地蔵堂の中だったのである。

竜之介たち七人は、地蔵堂の外へ出た。

脇街道から舞舞堂のあった方角を見ると、土煙が高く立ち上っている。

「地下の絡繰りは、完全に崩壊したようじゃなあ」

悲しそうに、弟子田楼内は言った。

「そうか、思い出したぞ……無風道人とは、あの時、城上神社の境内で擦れ違ったのだ」

その時、舞舞堂の方角から猪(いのしし)のような速さで走って来る者がいた。

黒ずくめで肩幅の広い男である。

「竜之介ぇっ」

砕鬼(さいき)は叫んだ。

「貴様のために、刺鬼と斬鬼は山駆党に殺されたぞ。お前も殺してやるっ」

地底蔵の崩壊で地上に陥没が出来た時に、亀裂が地蔵堂の方向に走ったのを見て、砕鬼は、それが抜け穴の出口だと直感したのであった。

「何者か」

「死客人(しかくにん)……三鬼衆の砕鬼っ」

砕鬼は、右の拳を繰り出した。

竜之介がかわすと、直撃した地蔵堂の柱がへし折れる。そして、地蔵堂が崩壊した。

抜き打ちで、竜之介は、相手の右肩に斬りつけた。

が、砕鬼は横へ跳んで、それをかわす。

そして、高々と跳躍して、竜之介の顔面を蹴り潰そうとした。

しかし、竜之介の剣が一閃すると、その右足が膝の下から切断される。

「げっ」

着地に失敗した砕鬼の胸の真ん中に、竜之介は大刀を突き立てた。

「ぐ、ぐ……無念」

砕鬼は凄まじい形相で、息絶えた。

竜之介は血振して納刀すると、溜息をついて、

「どうやら骨折り損だったが、皆が無事で良かった」

「そうですな」

弟子田楼内が笑みを浮かべて、

「成果は、これだけです」

右手を差し出した。その掌には、天帝金の欠片が光っていた。

「干支吉さんはどうしたんでしょうね」

根岸の金杉村の百姓家で、縫い物をしながら、お利が溜息をついた。

「居酒屋へ行くと言って出たきり、帰って来ないんだから……」

「稼業が稼業だから、急な仕事でも入ったんだろう」

土間で藁打ちをしていた亭主の参吉が、その手を止めて言う。

「お金は預かったままなのだから、また、何時か顔を見せるさ」

「そうね、そうですね」

お利は、自分を励ますように笑みを浮かべた。

この善良な百姓夫婦は知らなかった。

早耳屋の千支吉は、舞舞堂が降下した大穴の近くに、血まみれの死体となって転がっていることを。

五

「ああ、竜之介様……」

「美味しい……これ、美味しいです」

「可愛がって下さいまし……」

小野田久代、お保、お央の三人が、全裸で仁王立ちになった松平竜之介の前に跪いている。

三人とも、一糸纏わぬ裸体であった。

久代は巨根の茎部を右側から舐めて、お保は玉冠部に接吻し、お央は重い玉袋に舌を這わせている。

そして、お北は、竜之介の背後に跪いて、その逞しい臀部に唇を這わせていた。

江戸へ戻って三日目の夜――浅草阿部川町の家の寝間である。

お北は掏摸の足を洗って堅気になることを誓い、久代・お保・お央の三人娘も、伊東長門守が責任を持って「身の立つようにします」と約束してくれた。

それで別れの前に、一対四の乱姦となったのである。

しかも、今夜は、四人が臀孔の〈初めて〉を竜之介に捧げることになったのだ……。

「それでは、誰からにするかな」

「じゃあ、あたしから……」

羞かしそうに、お保が四ん這いになった。

臀の双丘を両手で開いて、茜色の後門を剝き出しにする。

「よし、よし」

竜之介は、お保の背後に片膝立ちになった。

唾液まみれの巨根を、お保の臀の孔にあてがって、ゆっくりと貫く。

「あ、ああ、あ………っ！」

お保は仰けぞった。

竜之介の長大な男根は、お保の臀の中に埋没を果たした。

後門活約筋の素晴らしい締めつけを味わいながら、竜之介は腰を動かす。

その首筋に、久代が唇を這わせる。お央は、竜之介の胸を舐めていた。

そして、お北は、竜之介の排泄孔を舐めしゃぶっている。

（天帝金の欠片は、長門殿に渡した。詳しく調べて産地を究明するか、地底蔵を掘り返すか、後のことは公儀に任せよう……わしは、花梨を目黒不動の縁日に連れて行くので忙しい）

臀孔を犯されているお保が、歔欷の甘声を上げていた。

五人の長く淫らな宴は、今、始まったばかりなのである。

あとがき

今回の『若殿はつらいよ』第十七巻は、伝奇チャンバラの要素を取り入れてみました。

第九巻の『邪神艶戯』も、伝奇チャンバラでしたね。

お宝探しは、第十三巻の『柔肌秘宝』でもやりましたが、今回は全く違う趣向にしたつもりです。

それと、クライマックスの舞台は、時代小説を書き始めた時から「いつか、使おう」と考えていたネタで、この作品で実現できて感慨無量です。

そして、敵役としてある集団が出て来ますが、これは私の『大江戸巨魂侍（四）／復讐の夜叉姫』（廣済堂出版）に登場した架空の組織と似ています。

ただ、設定が違うので、組織名の一字を変えて、武器の八角礫も六角礫にしました。

あまりに気にせずに読んでいただくと、有り難いです（笑）。

さて、次の鳴海丈作品は今年の九月に出る予定ですので、よろしくお願いします。

二〇二三年四月

鳴海　丈

参考資料

『日本の埋蔵金』畠山清行　（番町書房）
『大久保長安と八王子』八王子郷土資料館　（八王子市教育委員会）
『金山繁昌　—黄金に魅せられた人々—』小向孝子・他　（遠野市立博物館）
『図説　佐渡金山』テム研究所　（ゴールデン佐渡）
『絵地図　高尾山散策絵図』村松昭　（アトリエ77）
その他

コスミック・時代文庫

若殿はつらいよ
乙女呪文

2023年5月25日　初版発行

【著者】
鳴海　丈

【発行者】
相澤　晃

【発行】
株式会社コスミック出版
〒154-0002 東京都世田谷区下馬6-15-4
代表　TEL.03(5432)7081
営業　TEL.03(5432)7084
FAX.03(5432)7088
編集　TEL.03(5432)7086
FAX.03(5432)7090

【ホームページ】
http://www.cosmicpub.com/

【振替口座】
00110-8-611382

【印刷／製本】
中央精版印刷株式会社

ISBN978-4-7747-6470-2 C0193